10년 후의 일상

10년 후의 일상
인공지능 시대가 낳은 발칙한 IT 엽편소설집

초판 1쇄 발행 2016년 5월 10일
지은이 편석준 **발행인** 이선애 **편집** 이광실 **교정** 채규리 **발행처** 도서출판 레드우드
출판신고 2014년 7월 15일 (제25100-2014-000048호)
주소 서울시 강남구 밤고개로 26길 50 강남한신휴플러스 607동 202호
전화 070-8804-1030 **팩스** 02-379-8895
이메일 redwoods88@naver.com **블로그** blog.naver.com/redwoods88

값은 뒤표지에 있습니다.
ISBN 979-11-953324-7-2 03810

당신의 상상이 한 권의 책이 됩니다.
지혜를 나눌 분은 원고와 아이디어를 redwoods88@naver.com으로 보내 주세요.

이 책의 독자 북펀드에 참여해 주신 분들(가나다순)

강부원 강석여 강영미 강영애 김기남 김기태 김병희 김새누리 김성기 김수영 김정민 김정환 김주현 김중기 김태수 김현철 김혜원 나준영 노진석 박순배 박연옥 박진순 송덕영 송화미 신정훈 심만석 안진경 안진영 원성운 유성환 유승안 유인환 이경희 이만길 이상왕 이수진 이수한 임원경 장경훈 전미혜 정담이 정두현 정민수 정솔이 정윤희 정율이 정진우 정해승 조승주 조정우 한승훈 허민선

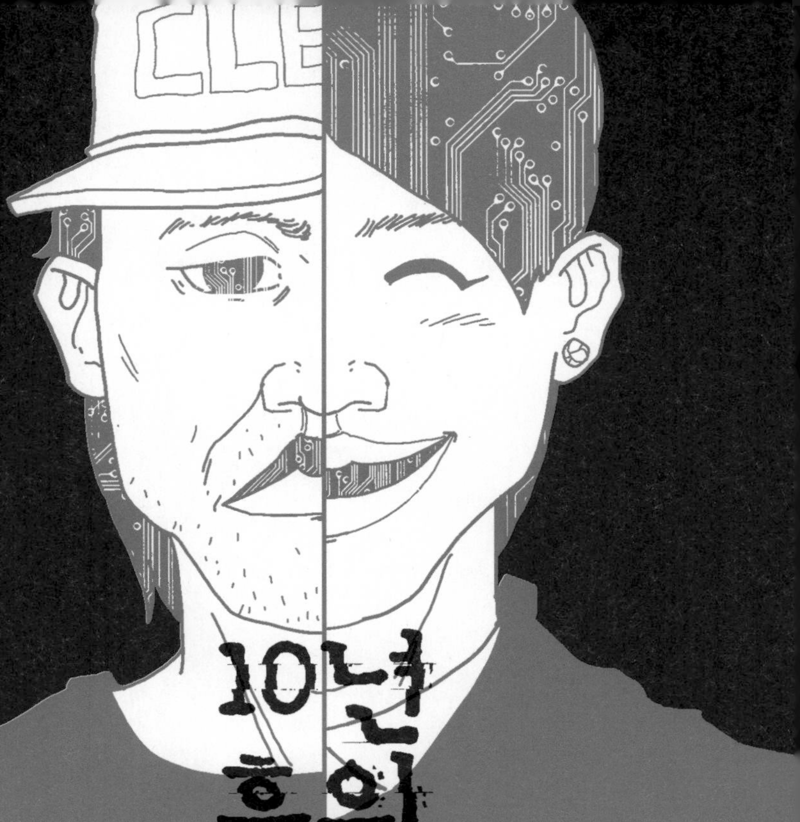

10년 후의 일상

인공지능 시대가 낳은
발칙한 IT 엽편소설집

편석준 지음

레드우드

차례

10년 후 일상, IT소설로 그리다

먼저 확실히 해둘 것은, 『10년 후의 일상』이란 이 책은 소설책이란 점이다. 어떤 장르의 소설이냐고 물어보면, IT의 발전으로 변화할 10년 후의 일상을 예측해 그린 소설이라고 말하겠다.

그러면 또 SF소설(공상과학)이냐고 물어볼 수 있을 텐데 여기에 다시 답하면, 이 책은 SF소설은 아니다. SF소설과 IT소설은 과학이 아닌 과학 발전의 예측을 소재로 하고, 허구의 스토리란 점에서 공통점을 가진다. 그러나 SF소설은 아주 먼 미래의 과학 발전을 소재로 하여 보다 자유로운 상상력을 발휘하지만, IT소설은 가까운 미래의 과학 발전 정도를 소재로 해 제한된 상상력을 발휘한다는 점에서 차이가 있다. 전자는 영화 시나리오에 가깝다면, 후자는 IT서비스 시나리오에 가깝다. 물론, 이런 구분은 자의적인 것이다. 기존에 10년 후 정도의 미래를 생각해 그린 소설 장르 자체가 없었기 때문이다.

이 책을 다른 분류로 구분하자면, 일본에서 보편적인 엽편소설(葉篇小說)이라 하겠다. 나뭇잎만큼 분량이 짧다고 해서 붙여진 이름이다. 또한 손바닥만큼 짧다고 해서 손바닥 장(掌) 자를 써 장편소설(掌篇小說)이라고도 한다.

서른세 편의 엽편소설에 등장하는 주인공과 배경은 모두 다르다. 소설 중에는 앞으로 10년을 기다릴 것 없이 더 빨리 현실화될 이야기도 있고, 30년 후에나 극히 일부만이 현실화될 이야기도 있다. 여기서 현실화가 되느냐는 기술적 달성 여부만이 열쇠를 쥐고 있는 게 아니다. 영리 기업의 선택을 받느냐 하는 문제도 있고, 문화와 개인으로부터의 선택 문제도 걸려 있다. 가능하다고 해서 다 현실이 되는 것은 아니다.

1999년에 대성공을 거둔 영화 「매트릭스」는 그때로부터 200년 뒤인 2199년의 이야기를 다루었다. 영화에서 현실과 가상현실은 융합되어 있고, 세계 그 자체라고 할 수 있는 인공지능은 인간을 오직 에너지원의 목적으로 사육한다. 이 책을 읽을 여러분에겐, 10년 후를 그렸다는 이 글보다 200년 후를 그린 「매트릭스」가 어쩌면 더 큰 공감과 현실감을 줄지도 모르겠다. 그 이유는 아마

도 10년 후의 현실이 지금의 현실과 크게 다르지 않을 것이라는, 무의식적인 믿음 때문일 것이다. 그래서 사람은 가까운 미래일수록 더 예측하지 못한다.

이 점은 책을 쓴 나도 마찬가지였다. 개인적으로는 이 책이 지금까지 가장 쓰기 어려웠다. 80년생 전후의 세대가 봤을, 한국에서도 방영됐던 일본 애니메이션 「마크로스」를 보면 스마트폰이 나오지 않는다. '마크로스'는 멸망한 지구를 운 좋게 떠난 사람들을 태우고 우주를 방랑하는 우주선의 이름이다. 그리고 그 우주선은 적과 대항할 필요가 있을 때는 로봇으로도 변신한다. 이 애니메이션에는 거리에 휴지가 버려지면 알아서 청소하는 사물인터넷 개념의 로봇은 나와도 스마트폰은 등장하지 않는다. 그만큼 가까운 미래에 대한 예측은 어렵다는 점을 다시 한 번 변명해 본다.

위에서 이 책을 IT서비스 시나리오에 가깝다고 말했듯, 이 책은 기술적으로 어떤 상황이 구현됐을 때 우리 인간은

어떻게 반응할지를 상상하여 쓴 소설이다.

인간은 항상 인간 중심적이다. 기계와 로봇, 인공지능을 대할 때도 그들이 인간적인 정신과 육체를 갖기를 바라면서 오히려 그것을 갖추었을 때는 두려움을 느낀다. 기계와 인공지능은 인간이 아니기 때문이다. 개인적으로 이러한 반응은 인간의 자기 보호 본능에서 왔다고 생각한다. 인간은 주위 환경이 자기화, 인간화되지 않고 비인간적인 것이 되면 개인과 종족 파괴에 대한 두려움을 갖는다.

점점 비인간적인 것이 인간은 아니면서 인간의 얼굴을 하고 우리 곁으로 다가올 때, 우리 인간은 어떤 반응을 보이게 될까? 이 책은 결국 우리 인간의 반응, 그리고 그 반응들의 집합체이자 건축물인 인간의 삶에 대한 것이다. 물론 이 책에 기술 발전에 따라 현실화될 수 있는 모든 상황을 담지는 못했다. 운이 좋으면 다음에 또 한 번의 기회가 있을 것이다. 기회가 곧 희망이니, 나름대로 희망을 가지고 살 생각이다.

2016년에, 2026년의 내 인생을 생각하며

편석준

10년 후의 일상

세 번째 눈

줄리아는 어제 커트를 했다. 무더운 여름이 끝나고 선선한 가을이 시작되자, 왠지 머리카락을 산뜻하게 자르고 싶어졌기 때문이다. 작더라도 뭔가 새로운 시작을 해보고 싶다는 생각이 들었다. 이를테면 새로운 스타일로 소개팅 장소에 나가거나 하는 일 말이다.

줄리아는 '세 번째 눈'을 제어하는 앱을 실행시켜 자신의 새로운 헤어스타일을 다양한 각도에서 촬영하도록 명령했다. 그러자 벌레의 모습으로 줄리아의 머리카락 속을 돌아다니던 '세 번째 눈'이 바깥으로 튀어나와 그녀의 머리를 여러 방향에서 촬영했다. 촬영한 영상은 곧바로 줄리아의 스마트글라스로 전송되었다. 줄리아는 바꾼 스타일이 만족스러웠는지 살짝 미소 지었다.

초미니 드론인 '세 번째 눈'은 사용자의 머리카락 속에서 뒤쪽, 옆쪽, 심지어 하늘까지 어디든 촬영할 수 있었다. 때론 머리카락들 속에서 빠져나와 공중에서 촬영할 수도 있었지만, 경우에 따라 피부에서 5cm 이상 떨어져 날 수 없는 때도 있었다. 이건 선택할 수 있는 것이 아니라 애초에 그렇게 프로그래밍 되어 있는 것인데, 그간 '세 번째 눈'이 일으켰던 안전사고들 때문이다. 아기의 눈에 들어가기도 했고, 노인의 코에 들어가기도 했고, 다른 자동차나 드론과 부딪혀 폭발 사고를 일으키기도 했다.

'세 번째 눈'은 어떤 것이든 촬영하는 덴 아무런 제약이 없었다. 다만, 사생활 침해 문제로 '저장'하지는 못했다. 이것은 우리의 눈과 마찬가지였다. 우리의 눈은 직설적이게 또는 비밀스럽게 그 무엇이든 볼 수 있지만, 저장하지는 못한다. 그런 논리로 '세 번째 눈'의 상용화는 별 문제 없이 승인되었다.

잔뜩 마음이 부푼 줄리아는 보정 속옷에 붙어 있는 '타인 시선 감지 센서'를 작동시켰다. '타인 시선 감지 센서'는 몸의 중요 부위 몇 곳에 장착해 타인의 시선이 얼마나 닿았는지 파악할 수 있는 센서다. 이 센서를 통해 파악된 다른 사람들의 시선은 데이터화되어 스마트렌즈, 스마트글라스, 스마트폰 등으로 전달되었다.

줄리아가 입은 보정 속옷은 여성 잡지 편집장인 그녀가 평소 알고 지내던 보정 속옷 회사로부터 하루 동안 빌린 것이었다. 이 속옷 회사는 사람들이 원하는 더 나은 보정 속옷을 만들기 위해 '타인 시선 감지 센서'를 자사 속옷에 달았다. 또 과학적으로 분석해 만든 속옷임을 마케팅하기 위해 많은 사람들에게 속옷을 입고 실험에 참여해 달라고 요청했다. 특히 그 회사의 직원들은 틈만

나면 자사 속옷을 입고 실험을 직접 수행해야 했는데, 입사할 때 작성한 근로계약서에 이 실험을 반드시, 성실히 수행해야 함이 명시되어 있었기 때문이다. 그게 싫으면 회사를 나가는 방법밖에는 없었다. 규정만 즐비한 노동법은 빠르게 변화하는 사회에서 국가의 발전을 저해한다는 이유로 사라진 지 오래였고, 매우 자유주의적으로 변해 버린 노동 시장은 기업과 노동자 사이의 계약서만이 최고로 중한 법령이 되었다. 어쨌든 이러한 상황 때문에 줄리아가 속옷을 빌리고 싶다 요청했을 때 속옷 회사에서

두 손 들고 환영하며 빌려준 것이었기에, 줄리아로서는 큰 불만은 없었다.

하지만 센서를 통해 받은 분석 데이터 중에 자신을 쳐다보는 사람이 한 명도 없었다는 결과를 받자, 줄리아는 짜증 섞인 한숨을 내쉴 수밖에 없었다. 무릎 약간 위로 오는, 나름대로 짧은 치마에 엉덩이가 돋보이는 보정 속옷도 입었지만 누구 하나 쳐다보질 않다니. 줄리아는 마흔다섯이 된 자신에게 날아오는 시선이 점점 줄어드는 현실에 들리지 않는 울분을 쏟아 냈다.

약속한 레스토랑에 먼저 도착한 것은 줄리아였다. 약속 시간까지는 아직 40분이나 남아 있었다. 줄리아는 따뜻한 카푸치노를 한 모금 마시고 푹신한 소파에 몸을 묻었다. 그녀는 자신도 모르게 미간을 찡그리고 신경질적으로 귀밑의 머리카락을 매만졌다.

줄리아는 새 근무지인 한국으로 오기 전에 이스라엘에 있는 데이터센터에서 일했다. 그때 그곳에서 유명한 해킹 사건이 있었다. 연인들을 위한 '오직 우리끼리만 아는 일'이란 유명 데이팅 서비스에서 벌어진 일이었다. 이 서비스는 연인이 서로의 일상 정보를 모두 공유할 수 있게 해주는 서비스로, 다양한 센서로 구성되어 스마트폰뿐 아니라 몸에 착용하는 여러 디바이스의 위치 정보를 확인할 수 있었다. 단순히 지금 어디에 있는지, 내일 무슨 일을 하는지에 대한 정도가 아니었다. 회사에 있다면 몇 층에 있는지, 화장실에 갔는지도 알 수 있었고, 스마트글라스를 쓰면 지금 무엇을 보고 있는지까지도 확인할 수 있었다. 집 안에서 지금 어떤 일을 하고 있는지, 베개에 머리를 기댔는지, 이불을 덮었는지, 술을 먹었는지, 재채기를 했는지, 누구와 말을 하고 있는지도 알 수 있었다. 센서와 센서가 모은 데이터를 전송할 통신 모듈이 그녀 또는 그의 사방에 모두 장착되어 있기 때문에 가능한 기술이었다.

'오직 우리끼리만 아는 일'을 제공하는 회사는 비즈니스를 여기에서 끝내지 않았다. 그간 집적한 데이터로 이별을 한 사용자에게 가장 맞는 연인 또는 결혼 상대자를 아주 정밀한 수준으로 추천해 주었다. 실제 만남까지 주선해 주기도 했다. 이 회사의 최종 비즈니스 목표는 전 세계의 연애와 결혼과 관련된 모든 비즈니스를 집어삼키는 것이었다.

줄리아가 지금 고뇌하는 이유는, 그녀가 '오직 우리끼리만 아는 일'의 데이터가 해킹되어 빠져나가는 바로 그 현장에 있었기 때문이다. 당시 그 회사는 각종 데이터를 서버에 저장하는 방식이 아니라 연인 간에만 데이터를 전송하고 각자의 디바이스에만 저장하는 방식이라고 홍보하며 보안에 문제가 없음을 거듭 주장했었다. 하지만 실제론 연인 중 한쪽이 누적된 모든 데이터를 삭제해 달라고 요청했을 때를 대비해 껍데기 데이터는 갖고 있었다. 어떤 센서에서 어느 시간에 어느 만큼의 데이터를 전송했는지에 대한 사실은 갖고 있어야, 상대의 디바이스에 저장된 데이터를 회사가 자동으로 삭제해 줄 수 있었던 것이다.

해킹은 그 껍데기 데이터를 통해 서비스를 사용하는 모든 디바이스에 접속하여 원천 데이터를 가져가는 방식으로 이루어졌다. 단순히 개인의 해킹 수준이 아니었다. 엄청난 수준의 서버를 갖고 있어야 그 원천 데이터를 모두 저장할 수 있었기 때문이다. 결국 해킹은 완전히 성공하지 못했다. 짧은 순간에 끝나는 작업이 아니었기에 금세 발각되었고 전송 작업이 중간에 끊겼던 것이다.

하지만 0.005% 정도의 원천 데이터는 해킹되었고, 그때 줄리아는 자신도 몰래 그 0.005%의 데이터를 다운로드 받았다. 그런데 문제는 오늘 소개받기로 한 남자의 얼굴이 그 0.005%의 데이터 중에 존재한다고 인식되었던 것이다.

며칠 전까지만 해도 줄리아는 데이터에서 소개팅 남성에 대한 정보를 보지 않겠다 생각했었다. 하지만 이번 소개팅을 결혼까지 꼭 성공시켜야겠다는 생각이 짙어지자 마음이 흔들렸다. 모든 것이 평균 이상인 남자였다. 흠이 있다면 이혼 경력이 있다는 것이었지만 이제는 그런 것쯤 문제 삼는 여자도 없었다.

약속 시간이 임박하자, 줄리아는 결국 스위치를 켜고 말았다. 줄리아의 스마트폰 속에 곧 등장할 남자가 어떤 여자와 어떻게 연애를 했는지에 대한 정보가 체계적으로 정리되어 떴다.

문이 열리는 소리가 들리고 점점 발소리가 가까워 왔다. 큰 카

폐였지만 남자는 레스토랑에 설치된 실내 위치 정보 시스템을 통해 곧바로 줄리아 앞에 와서 앉았다. 남자는 사진보다 실물이 나았고, 아주 선한 웃음을 지니고 있었다.

줄리아는 주문한 김이 모락모락 나는 파스타가 나오자 남자에게 물었다.

"정말 파스타 괜찮으세요?"

줄리아는 묻는 동시에 빠른 손놀림으로 '파스타'를 검색했다. 그러자 13건의 검색 결과가 나왔다.

사실 난 파스타를 그렇게 좋아하진 않아. 당신이 비싼 걸 좋아하는 것 같아서, 정기적으로 비싼 집을 예약했을 뿐이야. 한번은 정말 중간에 화장실에 가서 토한 적도 있다고. 전날 술을 많이 먹어서 국물 있는 음식을 먹고 싶었는데 말이야.

라면 배달 101회. 그 외 면류 음식 배달 0회.

일본 브랜드의 파스타 레스토랑 라르엘치에 대한 평가: 비싸고 게다가 재수 없음.

줄리아는 당연히 모른 척하고 남자에게 말했다.

"파스타 좋아하시나 봐요. 맛있게 드시네요. 전 사실 파스타를 그렇게 좋아하진 않아요. 첫 만남엔 파스타가 여자를 위한 예의일 수도 있지만요. 어쨌든 처음 만날 때는 예의란 형식이 더 편할 수도 있으니까요. 다음에 만날 때는 우리 다른 데서 만나요."

줄리아는 은근슬쩍 다음번에도 만나자고 말했지만, 남자는 그저 웃을 뿐 별 다른 말은 하지 않았다. 조금 조급해진 줄리아는 이어서 말했다. 급하면 될 일도 안 된다는 것을 알고는 있었지만, 이 남자와 꼭 잘해봐야겠다는 일념이 그녀의 합리성과 자제력에 균열을 일으켰다.

"요즘 많이 바쁘시다고 들었어요. 잠은 잘 주무세요?"

줄리아는 침실, 침대, 이불 등의 키워드로 다시 검색했다.

728일 동안 연락 없었던 민정이란 여자와 주고받은 침대 데이터에 관한 종합 평가: 평균 7시간 침대 위에 있었음. 깊은 수면 4시간 30분. 섹스로 추정되는 큰 진동의 움직임 일주일에 평균 5회(5회 중 동일 대상 간의 섹스는 2.8회로 추정).

줄리아는 억지로 얼굴에 웃음을 띠웠다. 부드러운 크림파스타가 까칠한 종이 뭉치가 되어 목구멍을 간신히 넘어갔다.

줄리아는 알고 있었다. 사람은 다 거기서 거기일 뿐이다. 서로 조금씩 기댈 수 있고 따뜻함과 위로를 나눌 수 있다면, 그것만으로도 충분하다. 벌써 마흔다섯인 그녀는 인간과 인생에서 크게 기대할 게 없다는 것이 인생의 진리처럼 느껴졌다.

0.03%

오늘은 한 달 만에 팀원들이 모이는 날이다. 정기적으로 모이는 날이 따로 있는 것은 아니지만, 부산 해운대 쪽에 브라질 풍의 피자 가게가 새로 오픈해 같이 점심을 먹기로 했다. 우리 여섯 명은 여닫이문이 달린 창가 쪽 테이블에 앉아 오랜만에 이야기를 나누기 시작했다. 그러다 좀 답답해진 느낌에 창문을 활짝 열었고, 부드러운 바람이 창밖에서 넘어 들어왔다. 바다의 냄새를 담은 바람은 창문을 스치며 살짝 소리를 내기도 했다.

요즘은 재택근무를 하지 않는 회사가 거의 없다. 이제 회사원이란 각자의 공간에서 일하는 창작자다. 도심에 빌딩이 사라지며 근처의 식당이나 술집도 많이 문을 닫았고, 오피스 부지와 주택 부지의 구분도 더는 의미가 없어졌다.

피자를 한 조각씩 먹고 아이스 아메리카노와 콜라로 목을 축일 때쯤, 우리 여섯 명 모두에게 동시에 메시지가 왔다. 어디에 있는지 알 수 없는 사장님으로부터 온 것이었다.

한 달 전, 경쟁사에서 반지나 시계에 투명한 테이프 조각 같은 걸 붙이면 건강 상태와 위치 정보를 관리할 수 있는 상품을 내놓았다. 사실 진짜 목적은 배우자나 애인이 쓸데없는 짓을 하는지 감시하고 담배를 피웠는지를 체크하는 것이지. 우리가 유사 제품을 내놓는다면 어떤 기능을 더해 어떻게 마케팅을 하면 좋을까? 3시간 뒤에 보고하길.

우리는 서로의 얼굴을 쳐다봤다. 마주한 얼굴들은 예상대로 절망감에 사로잡혀 있었다. 우리는 범인 스스로 수갑을 차는 심정으로 스마트폰을 열어 정말 켜기 싫지만 '회의 분석 시스템' 앱을 실행했다. 앱은 우리가 한곳에 모여 있음을 자동으로 확인했고, 회의 참석 멤버 역시 자동으로 리스팅했다.

1분 정도 우리 사이에는 아무 말도 오가지 않았다. 쓸데없이 창의적인 척하는 말을 해봤자, 이 인공지능 앱은 우리에게 어떤 점수도 부여하지 않을 터였다.

재택근무가 일반화된 것은 시간 관리가 자유로워야 효율적인 업무를 할 수 있다는 한낱 '주장' 때문이 아니었다. 회사원 각자가 한 일의 결과가 어떤지 또 회의에서 얼마나 유의미한 발언을 했는지를 현재와 미래의 이익의 관점에서 분석해 주는 소프트웨어가 등장한 덕분이었다. 오피스 프로그램의 혁신 중 현재까지는 이것이 최고라고 평가된다.

예전에도 회사원은 자신이 태어나며 부여받은 시간을 결코 소유할 수는 없었다. 하루 24시간 중 최소 8시간은 일하고, 최대 8시간을 자고, 나머지 시간은 일을 더 하거나, 내일을 생각하며 쉬거나, 스트레스를 받거나 또 이겨 내는 활동을 해야 했다. 확실한 것은 예전이 더 나았다는 점이다. 이제는 24시간을 온전히 회사에 바쳐야 했다. 끊임없이 회사의 이익과 새로운 비즈니스에 대해 생각하고 쉼 없이 동향을 파악하며 계속 늘어나는 전문지식을 익혀야 했다.

이 모든 일에 소홀하면 회의가 끝났을 때 기여율이 0%란 결과가 바로 나올 것이고, 연봉이 수직으로 낙하하거나 해고될 것이 뻔했다.

침묵을 깨고 내가 제일 먼저 입을 열었다.

"경쟁사를 누를 만한 새로운 제품을 내놓기보다 경쟁사의 제품을 무력화시키는 제품을 내놓는 것은 어떨까? 우리도 테이프 형태의 제품을 내놓고, 그것을 경쟁사 제품 위에 부착하면 흡연에 대한 추적을 막거나 데이터 전송을 막는 것이지."

반박이 들어왔다.

"그러면 또 경쟁사에선 다른 제품이 자신들의 제품 위에 붙어 있음을 인지하고 부인이나 남편에게 그 사실을 전송하는 방향으로 제품을 업그레이드하겠지."

앱은 현재까지의 나의 기여도를 0.03%로 판단했고 내 앞의 차장은 0.031%로 표시했다. 우리의 기여도는 단 한 번도 0.1%까지 올라간 적이 없었다. 이 소프트웨어는 전 세계에 나오는 기업 보고서와 뉴스, 트렌드 자료 및 SNS 동향을 기본적으로 수집하고 정리해 놓고 있어서, 우리가 회의에서 하는 얘기의 창의성과 실현 가능성 등을 곧바로 분석한다. 그뿐 아니라 기업의 현재 목표와 가치, 회계 정보 등도 담겨 있고 우리의 성과와 회의에서의 발언 이력 같은 것들도 갖고 있다.

나는 회의를 시작하면서부터 한숨을 쉬며 '이 회사를 그만두면 어디로 가야 하지?'란 생각을 했다. 아마 동료들도 지금 내 마음과 크게 다르지 않을 것이다. 방금 전까지만 해도 윤기가 흐르던 피자는 딱딱하게 굳었고 콜라는 김이 죄다 빠졌다.

문득, 창밖의 해변이 피서가 끝난 뒤 쓰레기로 뒤덮인 썰렁한 바다처럼 느껴졌다.

소녀의 기도

안젤라는 이제 갓 14살이 된 소녀였다. 안젤라는 5층에 있는 자신의 방 창가에 기대어 바로 건너편 집을 내려다보고 있었다. 3층짜리 주택인 그 집의 꼭대기 층에는 22살의 청년 마르코스가 살고 있었다. 조용히 한숨을 내쉬는 안젤라 뒤쪽으로 피아노 소품의 선율이 흐르고 있었다.

안젤라는 창가에서 떨어져 나와 방 한가운데에 있는 고풍스러운 의자에 앉았다. 의자는 가지들이 성성한 나무를 본따 만들어졌는데, 여름이 되면 금방이라도 잎들이 무수히 자랄 것처럼 조각이 생생했다. 안젤라는 그 의자를 볼 때마다 늘 감탄해 마지않았으나, 오늘은 어쩐지 눈이 흐려져 있었다.

그녀는 창가에 놓인 자그마한 테이블의 서랍을 열어 종이와 펜을 꺼냈다. 그리고 지난 반년간 그랬던 것처럼 편지를 썼다. 그녀가 지난 시간 동안 마르코스를 향해 썼던 편지 내용은 매번 다른 게 없었지만 그녀는 늘 새로이 편지를 썼다. 안젤라는 그것이 사랑을 위한 정성이라고 생각했고 정성을 쏟는 만큼 사랑도 무럭무럭 자랄 것이라고 믿었다.

다음 날 아침, 안젤라는 또다시 마르코스의 집 옥상을 내려다보았다. 옥상의 한구석에 숨어 있던 두 개의 굵은 봉이 길어졌다. 봉은 몸을 열고 태양전지판을 꺼내더니 서로 이어졌다. 마르코스의 집안사람들이 날씨가 좋을 때 충분히 에너지를 저장하려는 모양이었다. 햇살은 다른 지붕과 옥상에도 그러하듯, 마르코스네 집의 옥상에도 쭉쭉 내리꽂혔다.

잠시 뒤, 태양전지판이 옥상을 벗어나 양 갈래로 펴지고, 그 한가운데에서 작물 정원이 하나씩 올라왔다. 마르코스네 집은 식구가 세 명이라 그런지 작물 정원은 7단이 전부였다. 안젤라의 집은 22단의 작물 정원을 갖고 있었다. 태양전지판보다 더 높은 곳에서는 통신 풍선이 나부끼고 있었고, 그보다 더 높은 성층권(成層圈)에서는 저위도 통신위성을 대신하는 드론이 날고 있었다. 동네마다 몇몇 집에는 그 통신 신호를 받아 다른 집들에게 전달하는 작은 풍선이 달려 있는데 마르코스네 집도 그중 하나였다.

아무래도 오늘은 틀린 모양이었다. 안젤라가 마르코스에게 보내는 선물을 실은 드론은 마르코스의 집으로 출발도 하지 못했다. 안젤라가 미리 설정해 놓은 비행경로의 도착 지점인 마르코스의 집 옥상이 현재 '착륙 불가' 상태였기 때문이다.

그 주 수요일 아침, 몸이 약해 학교에 가지 않는 안젤라는 평소

보다 일찍 눈을 떴다. 아침식사 시간까지는 세 시간이나 남아 있었다. 안젤라는 오늘이 다시 선물을 보내야 하는 날임을 깨달았다. 안젤라는 늘 그랬던 것처럼 테이블에서 마음을 담은 편지를 쓰고, 매주 다르게 골라 보내는(마르코스가 한 번도 받지는 못했지만) 선물 상자에 편지를 끼워 넣었다. 이번 선물은 안젤라가 직접 만든 세로로 긴 모양의 수제 초콜릿이었다. 드론에 박스를 장착한 안젤라는 스마트폰 앱을 켜서 드론의 비행경로를 입력했다.

오늘 마르코스의 집 옥상에는 아무 일도 벌어지지 않고 있었다. 안젤라가 보낸 드론은 곧 마르코스의 옥상에 도착했다. 드론은 옥상에 표시된 착륙 지점에 착륙 허가 요청서와 마르코스에게 발송된 수화물이란 정보를 보냈다. 하지만 이번에도 착륙은 허가되지 않았다. 착륙이 허가됐다면 안젤라의 선물은 굴뚝처럼 옥상에서부터 집 안까지 연결된 안전 통로를 통해 마르코스의 손에 들어갔을 것이다. 하지만 보통 자신이 주문하거나 미리 약속한 배송물이 아닌 경우에는 착륙을 거부하는 것이 정답이었다. 드론을 활용한 많은 테러 사건과 짓궂은 장난 때문에 20세기까지 있었던 해충 제거 운동처럼 드론 수하물 안전 대책 캠페인이 아주 활성화돼 있었다.

오랜만에 휴일을 맞은 마르코스는 2층에 놓인 피아노 건반을 악보보다 천천히 두드리며 시간을 보내고 있었다. 흔들리는 커튼을 따라 햇살도 나름의 강약 조절을 하고 있었다. 그때 초인종

소리가 들렸다. 카메라를 통해 보니 웬 어린 소녀가 문 앞에 서 있었다. 한 번도 본 적이 없는 소녀였다. 워낙 험한 일이 많으니 마르코스는 안심할 수 없었지만, 그래도 나쁜 의도를 가진 아이처럼 보이지는 않았다. 그래서 이례적으로, 마르코스는 대문을 열어 주고 자신도 문 쪽으로 나갔다.

고개를 숙인 소녀는 한동안 아무 말도 없었다. 마르코스의 몸이 뻣뻣해질 만큼 지루한 침묵의 시간이 흘러간 후에야 소녀가 입을 열었다.

"제 선물이에요."

소녀의 두 손에는 예쁘게 포장된 선물이 놓여 있었다. 선물 사이로 꽂힌 편지 봉투도 보였다. 편지 봉투에는 '안젤라'라는 이름과 마르코스의 이름이 귀엽게 적혀 있었다.

마르코스는 왠지 선물을 받아야 할 것 같단 생각이 들었다. 그는 서둘러 상자를 건네받으며 소녀를 위해 웃어 주었지만 안젤라는 얌전하게 고개를 숙이고 있었다.

안젤라는 속으로 생각했다. 이 남자는 자신이 지금까지 몇 번이나 선물을 보냈다가 실패했는지 알 수 없을 것이라고.

드론이 활성화될수록, 우연처럼 몰래 선물을 배달하는 일은 어려워졌다. 덕분에 고백도 쉽지만은 않은 세상이었다. 하지만 고백이란, 원래 무수한 시도 중에서 단 한 번의 성공을 목표로 하는 일이다.

Talk to Me

머리 곳곳에 붙은 전선들을 하나씩 천천히 뽑고, 허리를 들면 부딪힐 높이에 있는 뇌 스캐너도 들어 올렸다. 오줌이 마려웠기 때문이다. 옆 침대에 누워 있던 머큐리가 말했다.

"전용 기저귀를 차라니까."

나는 고개를 저으며 워낙 많아 구분하기 위해 촌스러운 원색으로 피복해 둔 전선들을 마저 치웠다.

머큐리, 찰스 그리고 나는 꿈속에서도 일해야 한다. 정확히 말하면, 지금 꿈속에서 일을 하고 있다기보다는 나중에 정말 꿈속에서 일을 할 수 있을지를 우리의 뇌로 실험해 보는 중이라고 해야 할 것이다.

만약 꿈속에서 일하는 것이 조금이라도 가능하다면, 꿈속에서도 일을 할 첫 번째 대상은 천재 우주물리학자 제놉이 될 것이다. 그동안 간극을 좁힐 수 없었던 양자물리학과 천체물리학의 통합의 단초가 그의 머리에서, 어쩌면 그의 꿈속에서 발견될지도 몰랐다.

동료 찰스는 아예 실험 침대에 누운 다음부턴 야간에 화장실을 가지 않도록 배뇨 지연제를 맞고 누웠다. 머큐리는 그 주사가 건강을 해칠 수도 있다는 염려 때문에 기저귀를 찼다. 하지만 나는 그렇게 실험을 당하는 동물처럼 침대에 누워 있고 싶지 않았다.

참았던 오줌보를 열자 힘없는 오줌 줄기가 소변기의 벽에 부딪혀 더는 뻗어나가지 못하고 아래로 떨어졌다. 벽이란 건 애초에 이쪽의 것이 저쪽으로 넘어가기 힘들도록 설계된 것이다. 그래서 저쪽으로 넘어갈 때 가장 효율적인 방법은 벽에 구멍을 내거나 아예 부셔 버리는 것일지도 모른다.

제놉의 이론은 양자물리학과 천체물리학 사이에, 공간 이동을 가능하게 하는 웜홀(Worm Hole)처럼 어떤 통로를 만들자는 것이다. 미시적 세계에서나 참으로 인정되었던 존재의 확률론을 우주적 스케일까지는 아니더라도 인간적 스케일 정도에서는 적용해 보자는 의도다. 관찰자의 유무에 따라 나 혹은 그것은 여기에 있을 수도 없을 수도 있다. 그것이 존재의 확률론이다.

나는 '꿈의 대화'라고 이름 붙인 수면 방으로 가는 길목에서 원래 가야 할 방향이 아닌 왼쪽으로 몸을 틀었다. 리아를 보기 위해서였다. 관계 인증 카드를 대자 굳게 잠겨 있던 문이 활짝 열렸다. 리아는 아주 오랫동안 잠들어 있었다. 오랫동안 깨지 않는 것이기도 했다. 리아가 누워 있는 하얀 시트의 침대 한참 위에 달린 모니터에서 바이탈 신호들이 전자음을 내며 지나갔다. 리아의 생명이 그녀의 몸속에 있는 것이 아니라 구름처럼 그녀 몸 위를 떠다니고 있는 것 같았다.

나와 같이 애기하고 마주 보던 리아가 어쩌다 이렇게 식물인간이 되었는지 나는 모른다. 식물이 아닌 것이 식물이 되면, 우리는 그 식물이 식물이 아니던 시절에 꾸었던 꿈을 아직도 꾸는지 궁금해진다. 너무 어렵게 얘기한 것인가? 왠지 나는 그녀 앞에서 더듬게 되거나 말을 어렵게 하게 된다. 그녀가 식물인간이 되었다는 사실을 인정하는 일은 신의 존재를 증명하는 일만큼 내게

어려운 것이기 때문이다.

그라스 박사가 이 실험을 내게 처음 제안했을 때, 내가 그에게 제안한 것은 리아도 함께 실험에 넣어 달라는 것이었다. 그라스 박사는 천재 과학자 제놉의 3년 선배로, 평생 제놉을 경탄해 마지 않았다. 그리고 제놉의 꿈에서 그가 현재 못 풀고 있는 난제들의 단서를 찾을 수 있을지도 모른다고 믿었다. 그가 보기에 이 실험은 실패할 수도 있었으나, 분명 이 실험만큼 인간에게 유리한 조건의 실험은 없었다. 파스칼이 『팡세』에서 말하길 '신이 있는지 없는지 모른다면, 일단 믿는 것이 인간에게 더 유리한 판단'이라고 했다. 지옥에 갈 일은 없을 것이고 어쩌면 천국에 갈 수 있을지도 모르니.

나는 구석에 기역 자로 붙어 있는 책상에 앉았다. 책상은 나사와 볼트가 맞물린 것처럼 구석에 딱 붙어 있었다. 아주 조금의 틈도 혐오스러워 내가 종이 한 장 들어가지 않게 틈을 없앤 것이다. 틈을 없애기 위해 나는 벽에 페인트를 들이부었다. 모든 존재들은 아무리 서로 바짝 붙여도 아귀가 맞지 않는다. 틈을 메우려면 두 존재의 관계와는 무관한 다른 물질이 필요했다.

책상에 놓인 장치의 모니터를 켰을 때 바람 소리가 들려왔다. 창문은 닫혀 있어 바람은 들어오지 않았다. 바람 소리는 바깥에서 바람이 다른 것을 스쳐 지나가는 소리였다. 오늘은 리아의 머릿속에서 새롭게 나온 영상이 없었다. 나는 이틀 전에 출력된 두 개의 이미지를 화면에 띄웠다. 기억을 담당하는 뇌 부위에서 일어나는 전기신호 변화를 패턴화해 영상으로 출력한 것이다. 그러니까 이 장치로 나는 리아의 꿈을 보는 것이다.

리아는 꿈은 꾸지만 깨어날 수 없기 때문에 영상을 출력하는 정도로 그치지만, 나를 비롯해 머큐리와 찰스는 수면 중에 의도적으로 열 번 내외로 깨야 했다. 외부 자극, 뇌 전기신호 변화 패턴, 영상 간의 논리적 연결성과 알고리즘을 보다 강화하고 실험 결과를 증명할 근거로 삼기 위해서였다.

리아의 첫 번째 이미지의 중간 부근을 굵직하게 지나가는 것은 다리가 분명했다. 수평이 아니라 거의 삼각 꼴에 가까운 형태라 다리가 아니라고 주장할 수도 있겠지만, 그것은 다리가 분명했다. 그 삼각 꼴의 형태에 붙은 빗살 장식의 난간은 리아와 내가 자주 가던 교외에 있던 다리의 것이 분명했다. 다리 밑에는 물이 흐르고 있고 물에는 거대한 파문이 떠다니고 있다. 리아와 나는 몇 번 파문에 대해 얘기한 적이 있었다. 별로 중요한 얘기는 아니었고 그저 스쳐 지나가는 듯한 대화였다. 그리고 파문의 마지막 동심원쯤에 하얀 물체 몇 마리가 떠다니고 있다. 오리일 수도 있고 아닐 수도 있다. 그 하얀 물체의 앞부분에는 노란색의 무언가가 붙어 있는데 부리일 수도 있고 노란 국화일 수도 있다.

두 번째 이미지는 비 맞은 수채화 같은 느낌이었다. 지워지기 쉬운 물감과 터치로 그려진 화폭 위에 어쩌다 비가 내려 형체와 빛깔이 아래로 흘러내린 듯한 느낌. 하지만 그림엔 분명 폭이 좁은 시냇물이 흐르고 그 앞에 어두운 빛깔의 수풀이 낮게 자라고 있다. 새벽, 아니면 해지기 직전의 고가 다리 아래의 풍경 같았다. 그리고 시냇물 안에는 하얀 뭔가가 쓰러져 있는데 하얀 와이셔츠를 입은 남자의 등 같기도 했다.

사실 이 두 번째 이미지는 새로운 것이 아니었다. 이전에도 그와 유사한 이미지는 많이 출력되었다. 그래서 경찰들이 추론 끝에 이미지와 유사한 몇 군데 장소를 알아내 조사도 했다. 리아는 발견됐을 때 몸 여기저기에 많은 외상이 있었는데, 이를 토대로 경찰은 리아가 끔찍한 폭력을 당했다고 결론 내렸다. 성적인 폭력도 있었음이 드러났으나 분석 결과 몸에 가해진 폭력이 하루 정도 먼저였다. 어쨌든 경찰이 두 번째 이미지와 유사한 장소를 몇 군데 알아내 조사하러 갔지만 특별한 것은 없었다.

나는 다리 이미지와 시내 이미지를 화면에 동시에 띄워 놓고 나도 모르게 읊조렸다.

"파문…… 파문…… 저 파문은 무엇일까?"

그때, 문득 머릿속을 스쳐 지나가는 말이 있었다.

저 동그란 파문들은 비 오는 날에 많이 생기겠지?

그리고 리아가 이어 한 말은 이것이었다.

비 오는 날 브라운우드에 가보고 싶어.

이건 리아가 사고를 당하기 2년 전쯤, 우리가 비 오는 날 가볍게 나눈 대화였다. 그날 리아가 갖고 온 우산은 노란색이었고 그녀는 하얀 앙골라 스웨터를 입고 있었다. 브라운우드는 리아가 오랫동안 가지 않던 그녀 고향 근처에 있는 오래된 숲이었다. 한때는 숲의 일부가 공원으로 조성된 적도 있었지만 찾아가는 사람이 거의 없어 다시 숲으로 돌아가 버렸다고 했다.

나는 뜨거워진 머리를 식히기 위해 계단을 내려와 복도를 뛰어 현관문 밖으로 나왔다. 곧 잠옷 사이로 한기가 몰려들었다. 잠이 싹 달아났지만 난 여전히 꿈을 꾸는 기분이었다.

브라운우드는 이 건물에서 북쪽 방향에 있다. 나는 북쪽을 쳐다보다가 다시 리아 생각에 빠져들었다. 사실 내가 리아의 꿈에서 보고 싶었던 것은 그녀를 처참한 고통 속에 빠뜨린 사건의 증거가 아니라 나의 모습이었다. 그녀가 꿈속에서 나를 그리고 있는지 그걸 확인하고 싶었다. 하지만 그녀의 꿈을 출력한 이미지에서 나는, 아니 나 같은 것의 조각이나 상징은 한 번도 나오지 않았다. 이것은 누가 말해 주거나 분석해 줄 수 있는 것이 아니다. 이 감정은 꿈꾸는 이와 깊은 관계에 있는 당사자만이 가질 수 있는 것이다.

근처의 산과 지평의 온도 차 때문에 짙게 깔린 연무를 보며 그라스 박사가 한 말을 떠올렸다. 나는 양자물리학이 무엇인지 아직도 모르지만 그가 말해 준 '슈뢰딩거의 고양이' 실험에 대해선 생생히 기억난다.

상자 안에 고양이 한 마리, 1시간에 50%의 확률로 1개 분해되는 알파입자 가속기, 청산가리 통을 넣어 둔다. 청산가리 통에는 방출된 알파입자를 감지할 수 있는 센서가 있다. 이 센서가 1시간에 50%의 확률로 방출된 알파입자를 감지하면 청산가리 통은 깨진다. 그리고 그 안에 있던 청산가리를 맞은 고양이는 죽게 된다. 박사는 내게 물었다.

"1시간 뒤에 상자를 열면 고양이가 살아 있을 확률은 얼마일까?"

내가 대답하기도 전에 그가 답을 주었다.

"고양이가 살아 있을 확률은 50%가 아니야. 알파입자는 미시적인 양자역학의 세계를 말하는데, 관측자의 존재 여부에 따라 그 결과가 달라지지. 즉, 상자를 열고 고양이의 상태를 확인하는 관측자가 고양이의 생사에 영향을 미친다는 거야. 하이젠베르크는 그 영향력이 $6.626x10^{-23}$이라고 말했어. 물론 이 숫자는 그 불확정성 확률의 일부에 불과해.

우리가 이제 할 실험도 의미 있을 확률은 그 불확정성의 확률 정도밖에 안 돼. 하지만 해보지 않을 수 없어. 나는 살면서 우리가 하고 있는 이 실험 계획보다 더 나은 것은 보지 못했으니까."

나는 매일 리아 곁에 있으면 '나'라는 관찰자가 그녀의 꿈에 영향을 줄지도 모른다고 생각했다. 내가 그녀의 꿈속에 희한한 형태로 등장하는 것뿐 아니라, 그녀와 내가 속해 있는 이 우주의 작은 주름을 하나 건드려서 어쩌면 우리 운명도 변하게 될지 몰랐다.

하지만 나는 아직 그녀의 살아 있는 꿈속에 없다. 다시 브라운 우드가 있는 북쪽을 바라봤다. 내 꿈은 그라스 박사의 꿈에 어떤 영향을 끼칠 수 있을까? 더 나아가 한 번도 보지 못한, 그 제놉이란 천재의 꿈에는 어떤 미세 입자를 전달할 수 있을까?

나는 꿈에 대한 허무를 느꼈다. 내 몸에서는 연기가 피어오르는 듯했다. 투명한 뱀이 된 허무가 내 몸을 기어 다녔다.

점심 시간

오전 10시 30분, 기술분석 3팀의 팀원들은 모두 회의실에 모여 각자의 스마트폰을 들여다보고 있었다. 엄숙한 얼굴의 팀장이 드디어 말문을 열었다.

"민서 씨, 우리 큰 화면으로 봅시다."

불과 몇 달 전에 들어온 신입사원 박민서는 조금은 긴장한 낯빛으로 스마트폰을 이용해 텔레비전을 켰다. 스마트폰에 코를 박고 있던 13명의 팀원들이 일제히 얼굴을 들고 텔레비전에 시선을 던졌다.

"음, 1순위는 메밀국수구먼. 앗, 아니군. 성민 매니저의 메밀 알레르기 때문에 메밀국수는 자동 제외고, 그럼 크림파스타가 오늘의 점심 메뉴로 결정됐네."

팀원들의 표정이 밝아졌다. 뭘 먹고 싶은지 자신들도 애매할 때 구체적으로 메뉴를 알려 주니, 점심 메뉴 발표 후엔 항상 분위기가 좋았다. 팀장이 회의 마치기 전 한마디를 덧붙였다.

"성민 군, 물론 이건 회사 일은 아니지만…… 화면 UI를 좀 바꿔 주면 안 되겠나? 최종 1위가 된 메뉴를 먼저 볼 수 있게. 이거 볼 때마다 헷갈려서 말이야. 그럼, 고려해 주게."

기술분석 3팀은 매주 목요일마다 이렇게 팀원들이 함께 식사를 했다. 그런데 메뉴 선정이 늘 문제였다. 결국 모든 사람에게 친절하고 모든 일에 적극적인 이성민이 나서서 앱을 개발했다. 집에서 쉬는 시간에 '점심 메뉴 팀원 결정권'이란 앱을 만든 것이다. 개발 취지는 '다수가 먹고 싶은 것을 먹어 보자'이자, '메뉴를 고를 때 에너지와 시간을 헛되이 쓰지 말고 정말 먹고 싶은 것을 찾아보자'였다. 현재 그의 회사 모든 팀들이 이 앱을 애용하고 있었다. 요즘은 이렇게 회사 업무의 효율화를 위해 앱을 만들어 공유하는 것이 흔한 일이었다. 회사들은 기획력과 개발력을 동시에 갖추지 못한 사람을 애초에 뽑지도 않았다.

'점심 메뉴 팀원 결정권' 앱을 실행하면, 사무실 근처 식당의 거의 모든 메뉴가 이미지와 함께 일정한 간격으로 지나간다. 그러면 스마트폰은 화면을 보고 있는 사람의 손 떨림과 동공 확대 정도, 숨소리를 감지한다. 주파수를 분석하는 알고리즘으로 숨소리를 해석해, 식욕과 스트레스 지수로 값을 바꾸었다. 이렇게 모인 정보를 통해 팀원들이 먹고 싶은 메뉴를 1순위부터 3순위까지 뽑고 전체 결과를 합산하는 것이다. 공평하게 처리하기 위해 결정권에는 직급에 따라 가중치를 두지 않았고, 알레르기 등으로 못 먹는 음식은 미리 개인이 설정하게끔 해두었다.

12시가 되자, 기술분석 3팀의 사람들은 모두 건물 밖으로 빠져나왔다. 민서의 옆으로 3년 선배인 이정임이 살짝 다가와 들릴 듯 말 듯 은근한 목소리로 말했다.

"자기, 너무 눈치 볼 것 없어."

"네?"

민서는 뜨끔한 얼굴로 정임에게서 슬쩍 몸을 뗐다.

"그렇게까지 팀장님 눈치 볼 것 없다고. 아까 팀장님이 메뉴에서 메밀국수를 제외할 때 성민 선배 알레르기 탓을 했지만, 사실 팀장님도 메밀 알레르기 있잖아. 자기도 이 사실을 알고서 일부러 메밀을 알레르기 유발 음식으로 지정한 거 아냐? 지난번에 자기가 메밀국수 집에서 맛있게 먹는 거 봤어. 먹고 싶으면 먹어. 눈치 보지 말고. 우리 회사는 꽤나 자유로운 편이니까. 팀장님도 그러실 분이 아니고."

정임이 몇 걸음 앞서 나간 다음, 민서는 홀로 남았다. 민서의 눈길이 흘러간 곳은 저 멀리 팀장과 나란히 앞서 걸어가고 있는 선배 성민의 등이었다. 그녀는 수줍은 듯 약간 고개를 숙였다.

정임의 말은 반은 맞고 반은 틀렸다. 팀장의 눈치를 보고 일부러 메밀을 알레르기 반응이 있는 음식으로 설정해 둔 건 맞았지만, 팀장에게 잘 보이기 위해 그런 게 아니라 성민을 변호하기 위해서였다. 알레르기 반응이 있는 음식을 자동으로 제외하기로 하긴 했지만, 아무래도 성민만 메밀국수를 못 먹는다고 자꾸 거론되면 팀장이 싫어할까 봐 걱정됐던 것이다. 사실 민서는 팀장이 메밀국수를 제외할 때마다 항상 아쉽다는 투로 얘기해 그가 메밀국수를 좋아하는 줄 알았다.

민서는 이젠 진실을 알게 됐으니 메밀을 자동 제외되지 않도록 설정을 바꿀까 싶었지만, 진짜는 아니라도 성민과의 공통점을 만들고 싶어 바꾸지 않고 두기로 했다. 혹시나 다음에 메밀국수 집에 갈 수밖에 없는 상황이 오면 성민과 단둘이 따로 식사를 할 기회가 올 수도 있었으니까.

내부순환 도로에서

우리는 해변도로를 달리고 있었다. 대각선에 앉아 있는 희주는 우리 넷이 하고 있는 맥주 게임에는 참여하고 있었지만 내 쪽은 전혀 쳐다보지 않았다. 나는 맥주 마시기 게임이 바보 같다고 생각했으나, 희주가 날 별스럽게 볼 것 같아서 나름 열심히 하고 있었다. 그냥 게임에 계속 이겨 성복이 형이나 내 여동생 민주 중 한 명을 나가떨어지게 하는 방법밖에는 없었다.

30분 후, 결국 원하는 대로 이루어졌다. 성복이 형이 의자 뒤로 풀썩 쓰러지며 말했다.

"이제 정말 취할 것 같아서 안 되겠다. 난 잠깐 쉴래. 이러다가 바다 구경도 제대로 못 하겠어."

우리는 남해로 갈 계획이었다. 원래는 양가 부모님도 함께 가려고 했으나 갑자기 모두 일이 생기는 바람에 자식들만 머나먼 목적지로 '라이브 여행'을 하게 됐다. 원래 나는 부모님과 가는 여행에는 관심이 없었다. 게다가 재미없이 넉살만 부리는 성복이 형과 가는 것은 더더욱 싫었다. 같은 동네에 살면서 어릴 때에는 참 재미있게 놀았다고 들었는데, 지금에 와서는 그의 성격만큼 따분한 것이 없었다. 형은 진짜로 즐거울 때 웃는 인간이 아니라 즐거워지기 위해 웃는 인간이었다.

그럼에도 내가 이 여행을 온 것은 희주 때문이었다. 희주도 결코 이런 따분한 여행에 올 성격은 아니었지만, 아마도 성복이 형한테 끌려왔을 것이다. 자세히 보지 않으면 모르지만 나름 남매의 정은 있었다. 사실 우리 넷 중 한 명이라도 빠지면 여행 규모를 생각할 때 취소하는 것이 나았을 것이다. 물론 그건 부모님들이 반대하셨겠지만.

희주 집과 우리 집은 몇 대에 걸쳐(가족들 전부는 아니지만) 의료 관련 일을 해왔다. 우리 아버지는 바이오 테크 연구실의 원장이었고 희주 아버지는 뇌 과학계의 권위자였다. 그리고 희주와 나는 의대에 진학했다.

우리가 2학년이 됐을 때, 의료계뿐 아니라 사회 전체에 큰 파장을 일으킨 일이 언론에 보도됐다. 지금으로부터 7년 전 한동안 언론을 들끓게 했던 그 사건은 촉감의 가상현실화 연구 중에 벌어진 추문에 관한 것이었다.

촉감을 가상현실로 구현하기 위해서는 인간이 살갗 또는 어떤 도구를 통해 대상을 만질 때 뇌가 어떤 반응을 보이는지 촘촘하게 연구할 필요가 있었다. 이 연구를 위해 뇌 과학 분야의 대학교

수 한 명이 촉감과 뇌 반응의 상관관계를 연구한답시고 오랫동안 여제자의 일상을 침범하고 성까지 유린했다는 게 사건의 요지였다. 여제자는 종일 벌거벗은 몸 위에 실험 패드를 붙이고 집과 실험실에서 교수가 요구하는 자극을 받아들여야 했다. 여제자가 무엇을 바라며 그런 일을 했는지에 대해 유머 퀴즈가 만들어질 정도로 의견이 분분했지만 끝내 해소된 것은 없었다. 다만, 최초 사건이 보도되고 2개월가량 흐른 뒤에 정부의 정당한 지원과 여제자의 철저한 동의하에 이루어진 실험이었다는 대반전의 뉴스가 나오며 비난의 목소리는 더 나오지 않았다.

나는 그 일에 희주가 연관됐음을 알고 있었다. 하지만 내가 알고 있다는 것을 누구에게도 말할 수 없었다. 내가 알고 있다는 것을 희주가 알고 있는지, 성복이 형이 알고 있는지, 아니면 내 여동생 민주가 알고 있는지조차 알 수 없었다. 그들이 그 사건 자체를 알고 있는지조차도 몰랐다. 한 번도 누군가와 터놓고 이 일에 대해 얘기한 적이 없었다.

난 아직도 희주를 볼 때면 가슴 한편이 아련하게 아파 온다. 그녀를 생각하는 순간, 가슴에 잠겨 있는 돌무더기 아래에서 불이 피어오르는 것 같다. 가슴은 점점 뜨겁고 묵직해진다. 우리는 의대에 입학한 뒤, 첫 번째 겨울 방학 때부터 이듬해 초봄까지 연인으로 지냈다. 우리가 연인임을 우리조차 한 번도 공식적으로 언급한 적은 없지만, 그것이 연인이 아니었다면 우리 둘은 모두 타고난 바람둥이인 셈이다.

시트에 머리를 기대고 있던 민주가 말했다.

"오빠, 좀 어지럽다. 속도 좀 늦춰 줘."

민주는 원래 몸이 좀 약했고 차멀미도 심했다. 성복이 형은 민주에게 귀 뒤쪽에 작은 동그라미 형태의 센서를 붙이게 하고 블루투스로 자동차와 연결시켰다. 그리고 명령했다.

"멀미 정도를 감지하고 멀미가 나지 않게 운전해 줘. 아니면 차 속도와 풍경의 직접 연동 고리를 해제하고 창 바깥 풍경이

천천히 흘러가게 조절하든가. 그리고 구불구불 도는 내부순환도로에서 벗어나 쭉 뻗은 직선 도로로 가줘. 민성아, 다른 곳도 괜찮지?”

나는 고개를 끄덕였다. 자율주행 자동차를 타고 내부순환도로를 돌며 창문에 가상현실로 남해 해변가의 고속도로 풍경을 흐르게 하자는 것은 내 생각이었다. 희주가 이번 가족 여행에 온다는 얘기를 듣고 나는 희주와 약속했지만 가지 못했던 남해 여행이 떠올랐다. 희주는 손가락까지 걸고 가자고 했던 남해 여행 계획을 계속 미루고 또 미루었다. 그때 어떻게 해서든지 가자고 했으면 희주에게 그런 일은 생기지 않았을 수 있었을 텐데. 이것은 나만의 괜한 자책감이란 것을 알고 있지만 지울 수는 없었다. 얼룩을 눈으로 봤다고 해서 사라지지 않는 것과 같은 이치이다.

실제 도로 위를 운행하는 자동차의 속도감, 커브감, 진동감 등과 가상현실 풍경을 실제 경험 이상으로 일치시키는 것은 아직 시간이 더 필요했다. 기술적으로 가능은 했지만 대중 판매를 위해선 아직 가격을 더 낮추어야 했다.

2시간 전만 해도 설레며 시작했던 부모 없는 가족 여행 위로 문득 침묵이 내려앉았다. 나는 민주에게 얼마 전에 구매한 가상현실 아이템인 ‘명왕성 여행’을 선물로 주었다. 가상현실 콘텐츠는 복제를 막는 보안 정책과 기술이 철저하게 적용되어 있어 증여만 가능했다. NASA와 구글이 협력해 만든 이 제품은 민주의 멀미를 달래 줄 것이다.

나는 구식 가상현실 안경을 쓰고 전 세계의 비 내리는 장소에 서 있었다. 가끔은 우울함 속에 자신을 묻을 때, 기존에 있던 우울이 잠시 자리를 비켜 주는 경우도 있다. 분위기에 의해 만들어진 우울에는 고통이 없어서 그때의 우울은 내 속을 채울 수 있는 충만한 감정이 된다. 나는 에펠탑 아래에서 비를 맞았다. 일기예보를 미리 보았는지 대부분의 사람들은 우산을 쓰고 있었고 얼굴이 보이지 않았다. 나는 '랜덤으로, 다른 곳으로 이동'이라고 입술 모양을 움직였고 이어 어느 침엽수림 안에 있었다. 비가 침엽수의 뾰족한 잎을 훑었기 때문인지, 마치 긴 바늘처럼 내 주변을 할퀴며 지나갔다. 그리고 나는 잠 속으로 빠져들었다.

자동차는 우리에게 '지금 가는 곳은 정말 남해입니다'라고 계속 알려 주었고, 그때마다 성복이 형은 "오케이"라고 말했다. 두 시간 뒤에 우리는 진짜 남해에 이르렀다. 수평선은 신의 꾹 다문 입술처럼 뻗어 있었고 그 앞으로 빨간 등대가 방파제 위에 서 있었다. 현실보다 가상현실이 더 빠르게 변하고 무궁무진해지는 현실에서 저 낡은 등대와 이끼 낀 방파제는 적어도 내게는 현실과 묘한 괴리감을 느끼게 했다.

저녁이 서서히 침범해 오는 하늘을 갈매기들이 가로질렀다. 성복이 형과 민주는 해변가로 달려갔다. 자갈로 된 해변이지만 그들은 돗자리를 깔고 누웠고 희주와 나는 그 뒤를 천천히 따라갔다. 나는 희주에게 묻고 싶었다.

그때 왜 내게 아무 말도 하지 않았어? 왜 내게 기대지 않았지? 내가 약해 보였니? 아니면 믿을 수 없었어? 나를 사랑하긴 한 거야?

하지만 나는 오래전 더 이상 아무것도 묻지 않기로 결심을 끝냈다. 바람에 날리는 희주의 머리카락과 우아하게 드러난 귀의 곡선을 보았다. 나는 저기를 만지면 어떤 느낌인지 알고 있다. 그리고 희주의 입술에 내 입술을 대었을 때의 느낌도.

언론에서 아직 그 사건이 한창 보도되고 있었을 때, 나는 중학교 때부터 아르바이트해서 모은 돈을 모두 털고 또 빚까지 내서 그 사건과 관련된 불법 콘텐츠를 구매했다. 희주의 몸 구석구석을 만졌을 때 어떤 촉감이 느껴지는지를 알 수 있는 콘텐츠를. 물론 그것은 희주의 뇌 반응을 다시 촉감으로 풀어 낸 것에 지나지 않아, 실제 내가 희주를 만졌을 때와의 차이는 당연히 있었다.

그 프로젝트는 더는 진행될 수 없었을 것이다. 그러나 모든 이목이 다 사라진 후에도 내가 희주를 포함해 다른 사람에게 터놓고 얘기할 수 없었던 것은 오직 희주만을 위해서가 아니었다. 우리의 아버지들이 어떤 식으로든 이 일에 관련되어 있다는 것을 당시 정황으로 알고 있었기 때문이다.

딱 한 번, 가상현실 콘텐츠에서 희주의 가슴에 손을 대본 적이 있었다. 그때 나는 엄청난 불쾌감과 좌절감을 느꼈다. 부드러운 느낌 같은 것은 머릿속에 박히지 않았다. 내가 느낀 건 그 무엇이 희주의 가슴을 만지던 바로 그때, 희주가 느낀 감정의 찌꺼기였다.

희주는 여전히 나와 시선을 마주치지 않으려 했다. 나는 몇 걸음 빠르게 걸어 희주가 걸어가는 앞길에 섰지만, 희주는 천천히 나를 피해 바다 쪽으로 걸어갔다. 그녀는 여전히 내게 기대지 않는다.

직선의 미로란 것은 알지만

선우사의 길은 미로였다. 선우사에 들렀다가, 생각에 잠기고 싶어 인적 없는 작은 길로 발걸음을 옮기다 보니 벌써 몇 번이나 같은 곳을 돌고 있는 것 같았다. 종아리에 힘이 빠질 때쯤, 굽이에서 땅까지 내려온 가지들 틈으로 너른 바위가 보였다. 기시감이 들었다. 너른 바위 옆에 떨어진 잎들이 앉은 벤치가 있었다. 신기했다. 미로 같은 이곳에 인간이 만든 것이 있다니.

스스로 뱉은 '미로'란 단어에 불현듯 예감을 느낀 나는, 핸드백에서 콘택트렌즈를 꺼내 꼈다. 세상은 아주 선명해졌다. 하지만 여전히 미로 속에 갇혀 있는 게 분명했다. 예전에 이곳에 함께 왔던 그가 말했었다.

누군가 늘 같은 미로 속에 빠진다면 그건 그 사람이 늘 입구만 찾아가기 때문이야. 출구를 찾고 싶어 하지 않는 거지.

냉정하지만, 맞는 말이었다. 그는 다른 사람의 약한 부분을 결코 귀여워하지 않는 사람이었다. 내가 사람들 사이에서 얼마나 괴리된 채 살아왔는지 알면서 그런 말을 했으니 말이다.

그는 디지털 포렌식(Digital Forensic) 전문가로 경찰청에서 일했다. 디지털 포렌식이란 도시에 흩어진 디지털 정보를 분석해 범죄 단서를 찾는 수사 기법이다. 그는 CCTV를 어디에 설치할지에 대한 알고리즘을 짰으며, 해당 CCTV의 영상 데이터를 다른 수사 데이터와 연결해 분석하는 작업도 했다. 그는 자신이 분석한 시나리오로 범죄자를 잡을 수 있는 것은, 아무리 예외적인 범죄자라도 인간의 길을 벗어나지는 못하기 때문이라고 했다. 그는 인간은 미로를 벗어나고 싶어 하는 동시에 벗어나고 싶어 하지 않는 존재라고 말했다.

나는 콘택트렌즈에게 말을 걸어 시각의 선명도를 높였다. 나쁜 눈으로 바라보던 흐릿한 세상이 제 색깔을 찾고 뭉개져 있던 경계선들을 명확히 내보였다. 주변의 것들과 분명한 선을 그을 때 세상의 선명도는 올라간다.

그리고 이어 '추억 찾기'를 명했다. 콘택트렌즈는 전 세계 사람들을 연결시키며 회사의 데이터센터를 밑바닥까지 긁으면서 추억이란 명령어를 수행하기 시작했다. 눈앞에 네모난 공간이 흐리게 떠오르더니 경계선에 옅은 그림자를 만들며 도드라지기 시작했다. 그리고 어느새 이 선우사 근방의 나무 몇 그루, 한 조각

의 하늘, 그리고 한 줌의 땅이 담길 만한 공간이 완성되었다.

내가 "그때는?"이라고 말하자, 콘택트렌즈에서 돌출되어 비치던 공간이 디졸브(앞의 장면이 사라지고 있는 동안 새 장면이 페이드인fade-in 되는 것)되며 2년 전에 찍었던 사진이 떠올랐다. '7월 22일 오후 4시'라고 표시됐고, 같이 찍은 사람과 그때의 여행 경로까지 모두 표시됐다.

나는 다시 "사진만"이라고 말했다. 세부 정보는 모두 뒤로 사라지고 사진만 남았다. 그때 여름의 사진 속에는 잎사귀가 성한 나무들이 햇빛을 잔뜩 받고 있었다. 2년 전 그때는 여름이었고 지금은 겨울이었다. 그리고 그때는 두 사람이 함께였고 지금은 나 혼자였다. 물론, 그는 지금 혼자가 아닐 수도 있었다.

나는 다시 일부러 작은 길을 걸어 다니며 '추억 찾기'를 명했다. 선우사에서 찍은 우리의 사진은 생각보다 많지 않았다. 그는 원래 사진 찍는 것을 그다지 좋아하지 않았으니까. 게다가 그의 계정은 나와 연동되어 있지 않기 때문에 나는 그가 나처럼 이곳을 다시 찾아왔는지, 또 만약 그랬다면 곁에 아무도 없이 혼자 왔는지, 그에 대해서는 아무것도 알 수 없었다. 내가 알 수 있는 것은 오직 나의 추억뿐이었다.

나는 선우사의 미로에서 새로운 사진 한 장 남기지 못하고 떠났다. 그가 예전에 말하길, 예술이 되는 사진은 과거와 미래까지 연결되는 통시성에 있다고 했다. 그리고 그 통시성은 주변에서 발견되는 것이 아니라 사진 찍는 사람이 이미 마음속에 갖고 있는 것이라고 했다. 이번만큼은 그의 생각을 받아들여야겠다.

그는 항상 미로란 것은 펼치면 직선에 불과하다고 했다. 사실 출구를 찾지 못하는 나는 아직 출구가 '필요 없는' 것이다. 나는 그라는 미로 속에서 아직 탈출하고 싶지 않다.

지퍼를 열었을 때 일어날 수 있는 일들

민호의 오피스텔은 생각보다 깨끗했다. 천장에는 방의 규모에 어울리지 않는 소라 모양의 큰 전등이 달려 있었다. 자연에 있는 무수한 형태와 생물을 본뜬 가전은 몇 년 전부터 유행이었다. 에너지 효율 문제는 디자인 선택에 비하면 부차적인 것이 되었다.

스마트폰으로 '퓨처 홈(Future Home)' 앱을 실행하고 '소라'를 누른 다음 '밤바다'를 선택했다. 천장의 소라가 달빛을 머금듯 엷게 빛나기 시작했고 창문의 블라인드가 내려졌다. 소라 전등에서는 가끔 파도 소리가 났고 더 가끔 뱃고동 소리도 들렸다.

나는 민호의 침대에 누워, 아니 밤바다의 해변에 누워 아빠 생각을 했다. 지금은 내 곁에 없는 아빠는 어릴 때 기억이지만, 참 괴짜였다. 아빠는 작은방이나 마당에서 항상 뭔가를 우당탕 만드는 걸 좋아했다. 아빠 옆에서는 늘 불꽃이 튀었고 또 고약한 냄새가 났다. 그래도 난 항상 아빠 옆에 쪼그리고 앉아 물었다.

"아빠, 이번엔 뭘 만드는 거야?"

중학교 2학년이 되어 조금 성숙해졌을 때도 난 항상 그 물음을 달고 살았다. 그때 마당엔 깊은 가을을 알리는 단풍잎들이 서로의 몸을 더듬으며 나뒹굴고 있었다. 그 그림 같은 풍경과 깨져 내려앉은 구덩이, 날로 늘어가는 처마의 거미줄이 나름대로 폐허의 조화를 이루었다.

"혜원이랑 엄마를 위해 장바구니를 만들고 있지. 여기 보이지? 요렇게 바닥에 칩을 넣으면 장바구니 무게를 잴 수 있거든. 최대 무게를 미리 설정해 놓고 그 무게가 넘으면 아빠한테 알림이 와. 그러면 아빠가 엄마를 데리러 가는 거지."

나는 그 말을 할 때의 아빠 얼굴을 아직도 기억하고 있다. 이마에 평행으로 그어진 줄들이 하나가 될 정도로 활짝 웃는 얼굴……. 하지만 사실 그때 이미 엄마는 없었다. 엄마는 정말 사랑하는 남자가 생겼다며 우리를 떠났다. 나는 그 후로 차마 아빠에게 내 분노를 드러낼 수 없었다. 엄마를 원망하다가도 아빠의 얼굴이 생각나면 무력해지고는 했다. 처음엔 일부러 무력해지자고 생각했지만, 나중엔 의식할 새 없이 무력해지고 말았다.

난 다시 '퓨처 홈' 앱을 실행했다. 미래의 집……. 나는 민호와 결혼을 하려 했었다. 하지만 그의 배신은 내 미래를 삭제해 버렸다. 나는 '얼티매이트 오프(Ultimate Off)' 버튼을 눌렀다. 집 안의 모든 자동 제어가 중단되고 수동 제어 모드로 바뀌었다. 어딘가에 설치되어 있을지 모를 카메라도 모두 꺼졌을 것이다.

나는 옷장으로 가서 민호의 옷을 하나씩 살폈다. 계절이 뒤섞여 있는 옷장이었다. 총 열 벌의 바지가 있었다. 난 그의 바지를 하나씩 내 무릎 위에 올렸다. 그리고 지체 없이 니퍼로 지퍼를 잡고 뜯어내 버렸다. 그다음 미리 준비해 온 새로운 지퍼를 끼웠다. 무릎 위에 그의 바지가 계속 놓였지만 나는 마치 옷이 벗겨진 듯 오싹함을 느꼈다. 민호 앞에서 천천히 발가벗고 있는 한 여자의 이미지가 희미하게 머릿속에서 나부꼈다.

지퍼를 바꿔 단 열 벌의 바지를 세탁기에 모두 넣고 그 앞에 주저앉았다. 바지 세탁이 끝나면 의심을 지우기 위해 셔츠도 빨고 그가 좋아하는 고기야채볶음도 해놔야겠다. 그와 그녀의 몸을 훑고 지나갔다가 미처 하수구로 흘러 들어가지 못한 몇 방울의 물이 말라붙어 있을지 모를 화장실도 청소할 것이다. 그가 입고 벗고를 반복한 바지들은 몸을 부대끼며 서로를 깨끗하게 치유했다.

예전에 아빠도 이렇게 세탁기 앞에 주저앉아 있던 적이 있었다. 숨을 막히게 하는 두꺼운 회색 구름이 며칠 동안 낮게 떠 있던 날이었다. 당시 우리 집은 2층이었기 때문에 나는 구름의 우울과 손잡을 듯 조금 더 가까이에 있었다. 이상하게도 구름에 잡아먹힐 것 같은 날이었다.

나중에 아빠가 죽고, 우리 집 다락방에서 아빠가 쓰신 발명 기록을 보고서야 나는 그날 아빠가 왜 세탁기 앞에 하염없이 앉아 계셨는지 이유를 알 수 있었다. 아빠는 옷에 묻어 있는 얼룩의 종류를 분석하는 장치를 발명해 세탁기에 설치해 두었었다. 그날 아빠는 엄마의 옷에서 엄마의 남자가 엄마에게 남길 수 있는 얼룩…… 그러니까 남자만이 갖고 있는 그 특유의 액체를 발견했던 것이다.

아마도 아빠는 몇 번 눈치를 챘을 것이다. 엄마는 부주의한 사람이었고, 그 부주의함을 애써 다스리지 않는 무신경하고 무책임한 사람이었다. 낮게 깔려 있던 회색 구름은 그날, 결국 비를 뿌리지 않고 갑자기 사라졌다.

아빠가 남긴 발명 기록장에는 여러 기록들이 남아 있었는데 그 중엔 '바람을 잡을 수 있는 지퍼'란 것도 있었다. 작동 원리는 간단했다. 가속도 센서와 통신 장치만 지퍼에 심으면 됐다. 이제 민호가 지퍼를 몇 번 열었는지, 열고 나서 닫을 때까지의 시간이

얼마인지를 지퍼가 내게 알려 줄 것이다. 그가 화장실에 갔다면 지퍼는 1분 내에 열렸다 닫힐 것이다. 설사 볼일이 컸다 해도 10분 내외에서 닫힐 것이다. 그런데 만약 그가 출근하는 주중에 지퍼가 밤에 한 번 열렸다가 아침에야 닫힌다면, 그건 그가 호텔에서 잤을 수도 있다고 의심해 볼 필요가 있다. 민호는 절대 똑같은 옷을 입지 않으니까. 자기 전에 꼭 샤워를 하고 속옷을 갈아입었고, 다음 날이 되면 어제와 같은 옷을 입지 않는다.

고기야채볶음은 자그마한 식탁 위에 놓였다. 프라이팬에서 막 그릇으로 옮겨 담아 김이 모락모락 오르고 있었다. 맛있어야 할 하얀 수증기가 왠지 다 타고 남은 재에서 미련하게 피어오르는 연기 같았다.

증오란 것도 태울 수 있다면 얼마나 좋을까? 난 중학교 때 엄마가 왜 갑자기 사라졌는지 그 이유를 알려면 얼마든지 알 수 있었지만, 일부러 그 상황을 피했다. 하지만 이제는 하늘나라에서 걱정할 아빠를 위해서도 그렇게 모른 척하며 살 순 없었다. 마음만 먹으면 의심을 증명할 수 있는 시대니까.

이제 우리의 곰팡이가 아니잖아

"왜 우리가 이런 꼴을 당해야 하는 건데?"

아내는 불만으로 똘똘 뭉쳐진 말을 내뱉고는 주저앉았다. 나는 2년 전쯤의 일이 떠오르며, 그때 일의 죗값을 받는 것인가 하는 생각이 들었다.

2년 전, 나는 집 베란다 벽에 핀 곰팡이를 보면서 한숨을 푹푹 쉬고 있었다. 곰팡이가 베란다를 넘어서 거실과 안방까지 조금씩 침범해 오는 말도 못 할 상황이었다. 집주인은 새로운 세입자가 들어와야 전세금을 돌려줄 수 있다고 했지만, 집이 이 모양 이 꼴인데 전세금을 대폭 깎아 주지 않는 이상 새로운 세입자를 찾기는 불가능할 것 같았다. 게다가 집주인은 전세금을 도리어 올려 버렸고, 우리는 어서 중도금을 납입해야만 분양받은 새 아파트로 이사 갈 수 있는 절박한 상황이었다. 대출금이 잔뜩 끼어 있긴 했지만 어쨌든 우리는 '우리 소유의 새집'이란 꿈에 부풀어 있었는데, 저놈의 곰팡이 때문에 우리 부부의 꿈도 좀이 슬어 버린

것이다.

집주인이 내놓은 대책은 자기 돈으로 곰팡이 슨 곳에 천연페인트를 발라 주겠다는 게 다였다. 나는 페인트로 눈속임하는 건 정직하지 않은 일이라며 집주인에게 여러 번 따지기도 했지만, 집주인은 그 문제를 제기하고 싶으면 시공사에 직접 소송을 걸라고 했다. 물론 그건 한 달 전기세에도 쩔쩔매는 나 같은 소시민에게는 불가능한 일이었기에 결국 집주인이 내민 대책을 받아들일 수밖에 없었다.

그 후 거의 계약 직전 단계까지 온 새로운 세입자가 나타났다. 난 저 페인트 뒤의 진실을 말해 줘야 하지 않겠냐고 아내에게 말했지만 아내의 거부는 맹렬했다.

"그럼 우리는 어떻게 살아? 나도 돈이 많으면 정직하게 베풀고 살고 싶어. 그리고 이 일이 근본적으로 우리가 잘못한 것도 아니잖아. 첫 번째는 시공사 책임이고, 두 번째는 제대로 감독 못 한 나라 잘못이고, 세 번째는 집주인 탓이지. 그게 어디 우리만 잘못이야? 그런데 피해는 왜 우리가 다 봐야 해? 우리도 여기에 2년 동안 살면서 피해를 볼 만큼 봤어. 당신만 그렇게 양심 있는 척하지 마."

"여보, 그래도…… 그 신혼부부 갓난아기도 있던데."

아내는 잠시 망설이더니, 이런 대화는 이제 마무리 지어야겠다고 결심했는지 독하게 마지막 말을 뱉어 냈다.

"애가 무슨 상황이든 통과할 수 있는 프리패스야? 우리는 애 안 가지고 싶어 안 가지고 있는 거야? 그 부부에게 애가 있다는 건 우리보다 살림살이가 낫다는 뜻이야. 그렇게 오른 전세금을 선뜻 낼 수 있는 것만 봐도 그래."

결국, 내가 물러섰다. 아무것도 모르는 세입자에게 일언반구 없이 집을 내주고 새 아파트로 떠났다. 스스로 감당도 안 되는 양심이란 건 아내의 말대로 그저 '잘난 척'이고 '착한 사람 병'인지도 몰랐다.

그런데 2년 뒤, 우리는 가까스로 이사 간 아파트에서 다시 이사를 결정했다. 외풍도 심했고 습기가 자주 차 그 지긋지긋한 곰팡이를 또 봐야만 했다. 위층에서 아이들 뛰어 노는 소리도 너무 심했다. 우리는 우리 집이 생긴다는 마음에 잘 알아보지도 않고 너무 급하게 계약을 한 것이다. 사실 우리가 본 것은 봄처럼 따뜻하고 온화한 기운이 감돌던 모델하우스가 전부였다.

새로운 집을 알아보기 시작했다. 이번엔 잘 알아보고 꼼꼼히 따져 본 뒤에 가자고 마음먹었다. 그런데 우리 앞에 또 다른 시련이 찾아왔다.

1년 전부터 부동산 쪽에 혁신적인 서비스가 도입되기 시작했다. 부동산 시장은 공급자와 수요자 사이에 정보의 비대칭이 심하고, 거시경제와 정부 규제와도 긴밀히 연관돼 있어 중계 외의 서비스는 나오기 힘들 것으로 전망됐다. 그런데 1년 전에 들어보지도 못한 조그만 회사가 각 지방자치단체들과 협력을 맺더니 집 안에 층간 소음기, 실내 공기 측정기, 균류 측정기, 벌레 측정기, 구조물 노화 측정기 등을 거의 무료로 공급하기 시작했다. 이름만 들었던 사물인터넷 기술이 부동산과 결합해 집에 관한 제대로 된 정보를 제공하는 것이었다. 지자체들은 시민들의 불만 폭주로 늘 골칫거리였던 층간 소음 등의 문제를 주민들이 직접 처리할 수 있으니 반대할 게 없었다.

집의 데이터를 정확히 측정하고 공유한다는 것은 부동산의 가격에 가장 큰 영향을 주었다. 부동산의 가격이란, 매도가와 매수가 그리고 매매 물량에 의해 정해졌는데 이제는 그런 추상적이고 자의적인 가격 설정이 아닌 실제 주거 환경 데이터가 큰 비중으로 반영되기 시작한 것이다. 게다가 IT전문가들은 사회 구조적인 문제 때문에 재택근무의 일상화와 원격 및 가상현실을 통한 교육이 보편화되면, 지리적 위치에 의해 가격이 책정되는 비중도 크게 줄어들 것이라고 예측했다.

아내는 아이를 가지면서부터 더는 이 집에서 못 살겠다고 강력히 이사를 주장했다. 헌데 문제는 우리 집의 좋지 못한 환경이 이미 데이터로 수집돼 모든 부동산 업자뿐 아니라 공공기관의 홈페이지 등에 그대로 노출되고 있다는 것이었다. 어제 부동산 업자에게 물어보니 우리 집의 가격은 최초 분양가보다 40%나 떨어져 있었다. 이 소식에 아이를 가진 아내는 주저앉은 채 일어날 줄을 몰랐다.

아무래도 새로 살 집을 찾아 이사를 간 뒤에 아내에게 고백해야겠다. 며칠 전 회사에서 해고를 통보받았음을. 나는 마케팅 기획자로 10년 넘게 회사에서 일했지만, 사물인터넷이란 기술이 일반화되면서 '표정만 자신감 넘쳐선 함부로 떠들어 대는 기획자는 더는 필요 없다'는 말을 들으며 회사에서 쫓겨났다. 입가에서 '어떻게 하면 살아남을 수 있을까?'란 말이 차마 나오지는 못하고 계속 맴돌기만 했다.

비인간적인,
그래서 너무나 인간적인

아빠, 병원에서 겨울 점퍼는 주죠? 날이 차가우니 바깥 산책 나가실 때 꼭 점퍼 입고 나가세요.

험버트 씨는 시큰둥한 얼굴로 가족을 위한 건강 SNS인 '패밀리 서클(Family Circle)'을 종료해 버렸다. 자신의 주간 건강 데이터 페이지에는 오늘도 딸 에밀리의 말뿐인 걱정만 달려 있었다. '패밀리 서클'의 마지막 게시물엔 험버트 씨의 지병인 당뇨병 트렌드와 지난 일주일간의 수면 시간, 몸의 온도 변화, 운동 정보 등이 깔끔한 그래픽으로 정리되어 있었다. 그러나 험버트 씨는 기분이 우울해 보고 싶지도 않았다. 그는 딱히 통증은 없었지만 애먼 신음소리를 내며 침대에서 돌아누웠다. 그의 등 옆에 놓인 스마트폰에서는 딸이 남긴 댓글이 여전히 반짝거리고 있었다.

험버트 씨는 알고 있었다. 지금 에밀리는 수잔 씨의 아들과 여행 중이란 것을. 그 두 사람은 가족끼리 연동된 '패밀리 서클'에서 만났다. 아이러니하게도 험버트 씨와 수잔 씨는 같은 요양원에 있지도 않았고, 서로 만난 적도 없었다. 단지 같은 '패밀리 서클'이란 헬스케어 SNS서비스를 쓰며 가족 연동 서비스를 이용하고 있을 뿐이었다.

가족 연동 서비스를 신청한 건, 15년 전 죽은 아내가 남기고 간 유일한 가족인 딸 에밀리였다. 에밀리는 이 연동 서비스를 통해 수잔 씨의 아들과 만나 불같은 사랑에 빠졌다. 지난 반년 동안 집에서 20km밖에 떨어져 있지 않은 험버트 씨의 요양원에 단 한 번도 찾아오지 않을 정도로 뜨거운 사랑이었다.

잠깐 잠이 들었는지 분명하지 않았다. 험버트 씨가 눈을 떴을 때, 창밖에서는 눈이 내리고 있었다. 창밖에서 내리는 눈은 소리가 나지 않아서 어찌 보면 그림 같기도 했다. 뒤에서 누군가 험버트 씨를 불렀다.

"험버트 씨."

험버트 씨는 돌아누운 자세 그대로 대답했다.

"그레이스 군인가."

"올해 첫눈이 오네요."

"언제부터 있었나? 그리고 날 부를 때 그 '씨'라는 호칭은 이제 그만두게."

"워낙 오래된 습관이라서 그래요. 그냥 봐주세요. 저 눈도 겨울의 습관이잖아요?"

"뭐?"

"제가 너무 재미없게 말했나요?"

"작년 첫눈이 왔을 때도 우린 꼭 이런 대화를 한 것 같은데."

"후훗. 사람 사이의 대화에 특별할 게 있나요. 사람의 대화란 항상 같죠. 거리는 정해져 있는 거예요. 설탕은 달콤하고 소금은 짠 것처럼요."

"내가 방금 잠에 들었던가?"

"네, 맞아요. 험버트 씨는 방금 정확히 14분을 잤어요."

"그렇게 정확하게 얘기하지 말라고."

"저보고 맞장구나 치라는 얘기인가요?"

"아니. 자네도 자네 방식의 맞장구가 있는 거겠지. 자네 말대로라면, 사람 사이의 모든 대화는 맞장구 쳐주는 것에 지나지 않으니."

'그레이스 군'은 험버트 씨의 스마트폰 속에 사는 앱이다. 그는 험버트 씨의 일상을 조용히 관찰하다 그가 특정한 유형의 행동을 보이면 깨어났다. 가령, 방금처럼 험버트 씨가 잘 시간이 아닌데도 등을 돌리고 누워 있으면서 한숨을 쉬는 경우 말이다.

험버트 씨는 천천히 몸을 일으켜 창가로 다가가 두 눈을 감았다. 진정 첫눈을 보고 싶었던 것은 아니다.

"……."

"그레이스 군, 대답이 없구먼."

험버트 씨가 다시 몸을 돌렸을 때, 거기엔 불이 꺼진 스마트폰 한 대가 놓여 있었다. 배터리가 다 소진된 모양이었다.

험버트 씨는 사이드 테이블 위에 있는 조명을 껐다. 이제 방 안에서 반짝이는 것은 아무것도 남아 있지 않았다. 오직 창밖의 눈만이 조용히 반짝이며 날아가는 것처럼 보였지만 추락하고 있었다. 그렇게 높은 곳에서 떨어져도 전혀 아프지 않을까? 험버트 씨는 왠지 그 눈이 느낄 추락의 무게를 자신이 대신 느끼는 듯했다.

부부 생활

우리는 좁은 집에서 살고 있었다. 대문도 없이 바깥으로 바로 이어지는 현관문을 열고 손바닥만 한 주방을 지나 굽이돌면 곧장 침대가 있었다. 현관문을 열자, 침대 옆의 은은한 조명이 집 안의 어둠을 겨우겨우 몰아내고 있었다. 아내는 늘 침대 옆의 스탠드만 약하게 켜놓는 습관이 있었다.

시간은 저녁 8시, 아내는 굳이 내게 아는 척을 하지도 않았고 침대 속에서 나오지도 않았다. 우리 부부는 서로의 기분을 명시적으로 알려고 하지 않았다. 오랜 대화 끝에 '확실히 안다는 것'은 자유에 손상을 줄 것이라는 결론과 합의에 이르렀기에 상대가 나의 뇌를 늘 스캔하고 있거나 또는 내가 상대의 뇌를 스캔하고 있으면, 나는 분명 나의 행동에 스스로 제약을 가할 것이다. 물론 뇌를 스캔하는 장치는 병원에나 있지 우리 같은 중산층 이하의 가정에는 있을 리가 없었지만.

나는 도시가스 파이프에 부착해 놓은 레시피 디스플레이에서 무음 버튼을 누르고 디스플레이가 내 눈보다 10cm 정도 낮게 올 때까지 들어올렸다. 디스플레이가 내 시선에 맞춰져 있지 않다는 것은 마지막에 요리한 사람이 아내란 뜻이었다. 이것은 샤워기 높이를 조정하는 것과 같았다. 비록 흉물스러운 도시가스 파이프에 아무렇게나 달아 놓은 것이긴 하지만, 원하는 높이를 숫자로 입력하면 레시피 디스플레이는 자동으로 움직였다. 하지만 손 뻗으면 바로 잡히는 물건에 누가 굳이 귀찮게 숫자를 입력하겠는가?

나는 '냉장고 확인' 버튼을 눌렀다. 냉장고 안에 설치된 가스 센서와 투과광 센서 등이 재료의 신선도를 파악하는 한편, 카메라로 어떤 재료가 있는지 확인해 주었다. 감자와 호박, 두부, 대파 등이 있었다.

이번엔 '냉장고 재료로 음식 만들기' 버튼을 누르자 세부 목록들이 나왔다. 그중 하나라도 누르면, 한 가지 음식에 대해서도 다시 수많은 레시피가 나왔다. 원래 음식이란 것에 절대적인 기준 같은 건 없다. 근원적으로 인간이 가진 미각, 지금 가진 재료, 그날의 날씨, 그 인간이 살아온 기후와 집안 사정, 심지어는 유전적 병력까지 모두 다르기 때문이다. 그래서 레시피 서비스는 음식 레시피와 관련해 검색, 분류 그리고 잘 정리된 화면을 보여 주는 인터넷 기업과 제휴할 수밖에 없었다. 누구에게나 음식은 하나의 답만 있는 것처럼 착각하게 만드는 수준의 레시피로는 택도 없었다.

그러나 그 결과는 다시 끔찍한 혼란을 불러온다. 대체 어떤 음식을 선택하고, 다시 어떤 레시피를 골라야 한단 말인가? 물론 레시피 디스플레이는 가지고 있는 재료로 만들 수 있는 음식을 추천해 주는 걸 넘어 우리가 그동안 집에서 해 먹은 음식과 자주 먹은 외식 메뉴를 분석하여 내가 먹고 싶을 만한 음식을 추천해 준다.

나는 디스플레이에서 눈을 떼고 스마트폰을 꺼내 실내 공기를 분석한 결과를 보여 주는 앱을 켰다. 이 서비스는 주로 실내의 공기 상태를 보여 주지만, 우리의 기분 상태에 따라 적당한 방향제를 추천해 주기도 했다. 좁디좁은 우리 집엔 그 서비스에 따라 향기를 뿌려 주는 방향제가 설치돼 있다. 전원 공급과 방향 효과 최적화 때문에 형광등에 설치해 두었다. 이 방향제는 하나의 향수를 넣어 놓고 뿌리기만 하는 게 아니라 분사 직전에 여러 물질을 섞어 앱이 추천한 향기를 만들어 뿌렸다. 사물인터넷이란 것은 전자공학뿐 아니라 화학이고 생물학이기도 했다.

내가 앱을 켠 이유는 실내 공기 상태를 확인하기 위해서도, 스트레스가 풀리도록 좋은 향기를 찾기 위해서도 아니었다. 나는 우리가 이 집에 이사 온 지난 1년 동안의 데이터를 살폈다. 특이하게 방향을 가장 많이 한 날이 있었는데 그날 방향을 많이 한 이유는 아내의 기분 탓인 것으로 기록돼 있었다. 우리 부부가 사생활 정보를 공유하지 않기로 했지만, 가끔 이렇게 데이터를 어수룩하게 관리하는 서비스가 있거나 우리가 크게 신경 쓰지 않는 부분에서는 자연스럽게 정보가 노출되고 공유되고 만다.

아내가 실내 공기 및 방향 서비스 관리에 대해 이렇게 둔감한 것은 역설적으로 아내가 냄새에 워낙 민감한 덕이었다. 냄새에 민감했기 때문에 자신이 싫어하는 냄새를 억제하는 데 온 신경과 에너지를 쏟아붓게 되었고, 평소에 중요하게 생각하던 그 이후의 데이터 관리는 자연스럽게 소홀해진 것이다. 이렇게 역설이 발생하는 데는 앞뒤 각각의 상황이 모두 제 나름의 이유가 있다.

나는 방향을 가장 많이 한 날 집 안에서 무슨 일이 있었는지를 살폈다. 나의 예감에 그것은 음식 때문이었다. 아내는 항상 모든 것에 너무 민감했고 음식 냄새에 대해서는 특히 더 그랬다. 그날 집에서 만들어 먹은 음식은 청국장이었다. 나는 기억이 났다. 그 날 나는 청국장을 만들었고 아내는 한술도 뜨지 않았을뿐더러 며칠 동안 내게 알게 모르게 성질을 냈다. 그녀는 청국장을 싫어했고, 그 냄새는 더 싫어했다.

아내와 나는 매우 급하게 결혼한 축에 속했다. 결혼을 밀어붙인 건 나였다. 나는 해보지 않고 말만 많은 사람을 혐오했고, 어떤 상황에 적응을 거부하는 마인드를 가진 소아론자들을 싫어했다. 그래서 이 여자라고 생각한 순간 결혼을 밀어붙였고 우리는 처음 만난 날부터 결혼식을 올리기까지 불과 86일밖에 걸리지 않았다. 나는 그 '성과'에 만족스러웠지만, 때때로 어느 정도는 아내의 조건을 보고 결혼한 것은 아닐까 하는 자격지심이 들기도 했다. 아내의 집안 배경 같은 조건이 아니라 아내 개인이 갖고 있는 능력 같은 것들 말이다. 물론 아내 개인의 것은 너무도 당연히 아내의 것이기 때문에, 내가 아내란 개인이 갖고 있는 일부 속성들을 좋아한 것 역시 아내를 좋아한 것이라고 말하는 사람도 있다. 하지만 나도 알고 있다. 이는 말장난일 뿐이다.

나는 확실히 아내가 몇 개의 외국어에 능통하다는 것 때문에 결혼할 생각을 했고 결심도 굳혔었다. 나는 결혼 후 외국어와 관련된 비즈니스를 할 계획이었고 관련자들도 외국인이 많았기 때문이다. 나는 아내가 내게 큰 도움을 줄 것이라 생각했다. 그녀의 영어 실력은 대단했다.

그녀의 영어 이해율은 95% 수준이었다. 이제 토익 같은 영어 시험은 사라지고 없다. 자신의 영어 실력을 입증하고 싶으면 공인된 테스트 앱을 켠 다음 실제 외국인이나 외국어를 말하는 내국인과 대화를 해야 한다. 테스트 앱은 내가 말한 외국어를 상대가 얼마나 이해했는지, 상대가 한 말을 내가 얼마나 이해했는지를 분석해 '이해율'을 책정한다. 그것은 내가 말한 다음에 상대가 내 말을 이해하고 적절한 말을 했는지를 분석한 결과라고 할 수 있다. 그 반대도 마찬가지였다.

나는 어제의 일을 생각했다. 러시안 바이어와 중요한 비즈니스 미팅이 있어 아내에게 도움을 구했다. 러시안 바이어와 논의할 비즈니스 모델이 사업에 너무 중요하지만 매우 간단한 모델이기도 해서 꼭 신뢰할 만한 사람이 필요했다. 전문 통역사를 부르면, 그 사람조차 조금만 손쓰면 내 비즈니스 모델을 그대로 베껴 갈 수 있었다.

그러나 난 결국 미팅을 완전히 망쳐 버렸다. 외국어에 능숙하지 못한 나조차도 아내가 얼마나 성의 없이 통역을 하고 있는지를 단박에 알 수 있었다. 바이어는 통역사가 내 아내인 것을 알았기 때문에 더 불쾌한 것 같았다. 아내는 러시안 바이어의 인사도 외면했고 그에게서 아예 고개를 돌린 채 통역을 했었다. 게다가 모기만 한 목소리에 억지로 참고 있다는 식의 말투는 바이어가 거듭 다시 말해 달라고 부탁하게 만들었다. 그렇다고 아내가 아팠다거나 한 건 분명 아니었다. 비싼 음식을 남김없이 잘 먹었고 웨이터나 종업원들과는 밝게 웃으며 대화했으니까. 아내는 돌아오는 길에 예의 그 민감한 얼굴로 말했다.

"나는 그런 얼굴을 가진 사람이 싫어. 그런 얼굴 앞에서는 한 마디도 제대로 할 수 없어."

나는 거의 두 달 전부터 러시아에서 중요한 파트너가 온다고 그녀에게 이 일을 부탁했었다. 어제 아내에게서는 구체적으로 말할 수 없지만 매우 비릿한 감정이 느껴졌다.

나는 도마를 꺼내 청국장에 넣을 재료를 썰며 어제 저녁의 일을 잊어 보려 했다. 그러나 그 비릿한 기분과 불편한 생각은 청국장이 끓어 넘치며 집 안 가득히 채우는 동안에도 떠나지 않았다.

지상 가까이 다가와 더 반짝이는 별

산세의 노래

알렉산드리아. 이는 아프리카 가나에 있는 마을 이름이다. 물론 그 이름은 형식적으로 지어진 이름일 뿐 그 마을 사람뿐 아니라 근방의 모든 사람들까지 누군가 이 이름을 발음하는 걸 들어본 적은 없다. 이 마을 이름을 볼 수 있는 곳은 동영상 공유 사이트였다. 공연을 생중계하는데 아프리카 가나의 '알렉산드리아'에서 생중계가 되고 있다고 해야지 그냥 '어떤 마을'이라고 할 수는 없었으니까.

3개월간의 건기가 시작될 즈음이었다. 알렉산드리아 마을에 사는 산세는 오늘도 노래를 흥얼거리며 일터로 향하고 있었다. 산세는 17세의 소녀로 학교에 다니고 있었지만 방과 후에는 카카오 농장에서 일을 거들곤 했다. 초콜릿의 원료로 쓰이는 카카오가 잘 자라고 있는지, 나무에 해를 입히는 것은 없는지 관찰하고 감독하는 것이 그녀의 일이었다. 물론 그 일만 있는 것은 아니

었다. 카카오 열매를 따기도 하고, 잡초도 뽑아야 했고, 영수증도 처리해야 했고, 전화도 받아야 했다. 한마디로 잡무가 산세 일의 본질이자 전부였다.

지금 그녀가 흥얼거리는 노래는 반년 전, 이웃나라 시에라리온에서 열린 3D프린터 행사에 참가했다가 들었던 노래였다. 시에

라리온은 오랜 내전과 독재로 황폐화되어 있었는데 비영리 3D 프린터 단체가 그곳에 3D프린터로 1백 채의 집과 10개의 학교를 지어 주었고, 행사는 그 완공을 기념하기 위한 것이었다. 비영리 단체는 주변 나라의 기업인들이나 학생들도 참여했으면 좋겠다고 했고, 덕분에 산세도 학교 대표로 운 좋게 참여할 수 있었다.

하얀 피부의 개막식 연사가 단상에 올라 3D프린팅 기술에 대해서 온라인으로 알려 주겠다고 사람들에게 말했을 때 모두가 열광했다. 물론 산세도 열광했지만, 사실 그녀는 흘러나오는 음악 때문에 가슴이 뛰고 있었다.

당시 행사장에는 한국 가수인 비엘(BL)의 힙합곡이 흘러나오고 있었다. 먼 아프리카 땅에 희귀하게도 비엘의 팬이 있었던 것은 아니고 행사 관계자가 심심풀이로 튼 라디오에서 우연히 선곡된 노래였다. 그 방송은 아시아의 노래를 소개한다는 취지로 유명하지도 않은 그 노래를 주야장천 틀어 대고 있었다.

비엘의 상황

비엘은 한국에서 크게 인기가 없는 데뷔한 지 어느 정도 된 가수였다. 첫 앨범이 나올 때 그의 마음은 열정으로 불타고 있었지만, 애석하게도 그는 한국 여자들이 호감을 가질 만한 외모도 아니었고 소속사의 마케팅 담당 이사의 눈 밖에 난 지 오래였기 때문에 활동에 전혀 탄력을 받을 수 없었다. 마케팅 담당 이사는 그가 노래도 잘하고 춤도 곧잘 추지만 표정이 너무 평범하고 매력이 없다며 폄하했다. 그 후 줄곧, 올라간 적도 없이 내리막길을 걸었던 비엘은 이제 당장 끼니를 살 돈까지 걱정하는 수준이었다.

연습실에 들렀다 제대로 된 연습도 못 하고 나온 비엘은 답답한 마음에 버스 정류장 의자에 걸터앉았다. 버스 정류장에 오긴 했지만 사실 목적지는 없었다. 주머니에는 점심을 사 먹을 돈까지는 있었으나 그 후로 무얼 할 수 있는 돈 따윈 없었다.

일주일 전, 그는 소속사와 계약 기간을 단축하는 재계약을 했다. 원래의 계약 기간은 10년이었는데 이를 5년으로 줄이는 계약을 새로 한 것이다. 소속사는 한국에서조차 아예 인기가 없는 그에게 최소한의 의식주를 해결해 주는 것도 부담스럽다고 했고, 지난 5년간 앨범을 내주고 기본적인 것들을 제공한 것만으로도 충분히 의리를 지켰다고 말했다. 이번 주가 지나면 최초 계약일로부터 5년이 지난다. 그 뒤로 비엘은 정말 더는 할 일이 없게 될 터였다.

때마침, 남들에겐 로맨스지만 비엘에겐 거추장스러울 뿐인 첫눈이 오기 시작했다. 추위에 점퍼 깃을 여미고 있던 비엘에게 팬클럽 회장인 미진으로부터 문자가 왔다.

오빠, 문자 보는 대로 전화 줘. 지금 아프리카에 이상한 일이 벌어지고 있는 것 같아.

팬클럽이라고 해도 열 명도 되지 않았지만, 팬클럽 회장인 미진과는 각별한 인연이 있었다. 미진과 비엘은 한동네에서 자랐다. 미진은 세 살이 더 많은 비엘을 본명인 '승훈 오빠'라고 불렀다. 미진은 다섯 살 때 승훈을 처음 본 뒤 지금까지 그가 멋지지 않은 적이 한순간도 없었다. 그렇게 승훈의 첫 번째 팬이 된 미진은 성인이 된 지금까지 비엘의 팬클럽 회장을 자처하며 그를 응원했다. 그렇다고 모든 걸 다 버리고 승훈만 쫓아다닌 건 아니었다. 현재 미진은 변호사로 활동하며 프로그래밍에도 관심이 많아 이미 아마추어를 뛰어넘는 실력을 갖고 있었다.

비엘은 미진의 문자를 보곤 '아프리카에 지진이라도 났나 보다'라고 생각했다. 그로서는 그럴 수밖에 없었다. 자신의 문제도 벅찬데 저 먼 아프리카 일을 알아서 뭐할까. 비엘은 미진의 문자를 무시해 버렸다.

미진의 희망

결국 미진은 아무 연락도 없는 비엘을 그의 반지하 방에서 초저녁부터 기다렸고, 새벽에야 들어온 그에게 아프리카에서 무슨 일이 벌어졌는지 설명해 줄 수 있었다.

미진이 '인기 자동 추적 프로그램'을 만든 것은 2년 전이었다. '인기 자동 추적 프로그램'은 인터넷 검색과 접속 등의 분석을 통해서 전 세계 지역별로 어떤 유명인이 가장 화제인지를 알려 주는 프로그램이었다. 뿐만 아니라 소비자의 취향과 가수의 성향이라는 양쪽 데이터를 분석해서 서로 매칭해 주기도 했다. 소비자의 취향은 좋아하는 멜로디와 비트, 음역대의 변화, 음색, 사용되는 악기, 전주의 길이, 주제 멜로디와 리듬이 전주에 제시되는지의 여부, 후렴구와 가사의 특징 등 다양하고 세분화된 기준으로 분석되었다. 분석 요소는 시간이 있으면 추가할 수 있었고 지역도 시간이 허락한다면 최대한 세분화할 수 있었다.

미진이 그나마 이 작업을 할 수 있었던 건 프로그래밍에 흥미와 재능이 있는 팬클럽 회원들의 도움을 받았던 덕이다(사실 그녀가 비엘 팬클럽 회원으로 끌어들인 주요 멤버가 바로 그녀가 몸담은 프로그래밍 비영리 단체에서 만난 사람들이었다). 게다가 가수의 성향이라는 분석 영역에서 분석 대상에 비엘 한 명만 포함시켰기 때문에 복잡하고 방대한 양의 데이터를 프로그램에 넣을 수 있었다.

하지만 이 때문에 프로그램은 완성되고 1년 반이 지날 때까지 작동하는 경우가 거의 없었다. 비엘을 찾는 사람은 지역으로 따지면 한국에만 국한됐고 겨우 열 명 남짓에 불과했기 때문이다. 그래도 미진은 프로그램을 계속 진화시키는 개발 작업을 게을리하지 않았다. 변호사를 한다고는 하지만 변호사 일로는 근근이 먹고사는 수준인 그녀가 승훈을 위해 해줄 수 있는 일은 도시락을 싸주는 것 외에 이 프로그램 작업이 전부였기 때문이다. 그녀는 승훈이 언젠가 크게 성공하리란 희망을 단 한 번도 꺾은

적이 없었고 이 희망의 크기는 비엘이 품고 있는 것보다 훨씬 거대했다.

다시 산세의 노래

산세는 비엘의 노래가 너무 좋았다. 시에라리온에서 돌아온 뒤, 그녀는 3D프린팅 수업을 온라인으로 열심히 들었고 질문도 많이 던졌다. 수업에 집중할 수 있었던 건 수업을 들어야만 인터넷을 통해 비엘의 노래도 듣고 그에 대한 정보를 찾을 수 있었기 때문이다.

비엘에 대한 정보가 한국어로만 되어 있는 것은 어차피 번역사보다 나은 통번역 프로그램이 있기 때문에 큰 문제가 아니었다. 문제는 그에 대한 정보가 너무 없다는 것이었다.

그래도 산세는 주변 친구들에게 비엘의 노래를 들어 보라고 열심히 권유했다. 그리고 어느 시점부터는 더는 권유할 필요가 없었다. 친구들은, 그리고 친구들의 친구들은, 그리고 친구들의 친구들의 삼촌들은 이미 비엘의 노래에 산세보다 더 열광하고 있었기 때문이다.

알렉산드리아 사람들은 비엘의 고음에서 앙칼지게 나오는 목소리와 저음에서의 허스키한 목소리에 매료되었다. 그리고 진실함이 엿보이는 투박한 외모와 그 투박한 외모에 딱 들어맞는, 청춘의 마음을 어루만져 주는 가사에 공감하고 감동했다. 비엘의 코는 확실히 납작한 편에 속했고, 입술은 매우 두꺼운 편이었으며 머리카락은 직모에 눈은 반달모양, 눈꼬리는 축 처진, 어딘가 조화롭지 않은 모습이었다. 하지만 내면의 고독과 세계에 대한 절망감, 그러면서도 잃지 않는 투쟁 의식과 희망을 담은 노래 가사는 그런 외모 덕분에 더욱 진실하게 다가왔다. 정말 열심히 살고 있고 정말 열심히 노래하고 있으며 누군가는 이 노래를 들어주리라 믿고 있다는 절실함이 묻어 나왔다.

아쉬운 건 그의 노래가 11곡에 불과하다는 것이었다. 이젠 알렉산드리아 사람들은 물론, 가나 사람들과 주변 나라의 몇몇 사람들까지 비엘의 다른 노래를 들어 보고 싶어 했다. 하지만 그들은 과연 비엘이 실존 인물인가 하는 점조차 확신할 수 없었다. 그렇게 가나와 주변 나라에서 가장 인기 있는 인터넷 검색어는 지난 반년간 '비엘'과 '한국'이 차지하게 되었다.

알렉산드리아의 별

알렉산드리아란 마을 이름이 인터넷 생중계 방송에 올라간 것은 비엘이 미진으로부터 문자를 받은 지 6개월 뒤였다. 방송이 올라간 첫날, 조회 수는 3천만 건을 넘었다. 생중계 현장은 무대 위에서 가수가 노래하는 모습이 아니었다. 인터넷 방송 카메라는 알렉산드리아 마을의 상공을 한 시간 동안 잡고 있었다.

마을의 상공에는 거대한 홀로그램이 펼쳐져 있었다. 홀로그램

BOOM
BL
BL
BL
BLBL

안의 비엘은 2시간 동안 화려한 공연을 펼쳤다. 비엘은 직접 작곡, 작사, 편곡한 신곡 5곡에 몇 해 전 발표한 11곡, 아프리카 유명 가수의 노래 2곡, 유명한 팝송 2곡까지 총 20곡을 불렀다. 두 시간 남짓한 공연 동안, 비엘은 자신에 대해서는 거의 얘기하지 않고 노래만 불렀다. 이렇게 기획한 것은 미진이었다.

공연은 다음 날에도 이어졌다. 어제는 예고 없이 갑작스럽게 공연을 시작했기 때문에 알렉산드리아 마을 사람들 200여 명 정도가 관람했는데, 이날의 공연에는 약 2천 명이 몰려들었다. 어제 공연 끝에 자막으로 '내일도 오후 6시부터 8시까지 공중에서의 공연이 이어집니다'라고 말해 홍보가 된 덕분이었다.

공연이 시작되고 비엘이 등장하기 전, 긴 자막이 나타났다.

오늘 비엘의 공연을 관람하시는 분들을 위해 1천 개의 의자를 준비했습니다. 비영리 3D프린터 단체에서 무상으로 후원해 주셨습니다. 이제 공연이 시작됩니다. 공연 중 아래 계좌로 후원금을 입금해 주시면, 저희는 20달러당 3D프린터 책상을 1개씩 출력할 것입니다. 왼편에 보이는 기계가 바로 책상을 만드는 3D프린터입니다. 출력된 책상의 수만큼의 의자는 저희가 무상으로 출력할 것입니다. 공연이 끝나면 책상과 의자는 모두 아프리카의 학교들에 기증될 것입니다. 이 행사의 금전적 후원과 기술적 후원은 각각 아래 단체와 기업들에서 해주셨습니다. 감사드립니다.

미진은 이유는 알 수 없지만 '인기 자동 추적 프로그램'에서 비엘이 아프리카, 특히 가나에서 많이 검색되고 있다는 걸 확인했다. 그녀는 이것을 승훈의 꿈을 위해 어떻게 활용하면 좋을지 매일 생각했다. 오랜 고민 끝에 그녀는 결론을 내렸다.

'아프리카에서 인기가 많다는 사실 때문에 한국이나 다른 나라에서 인기가 많아지지는 않을 거야. 오빠의 이름을 알리는 데 잠깐 도움이 될지는 모르겠지만 해외 토픽 수준의 가십거리로 잠깐 회자되고 말겠지.'

그래서 미진은 공공의 이익과 사람의 선의까지 포괄하는 마케팅을 기획한 것이다.

그녀는 홀로그램 개발에서 가장 앞서나가는 회사와 비영리 3D프린터 단체에게 자신을 '인기 자동 추적 프로그램'을 만든 프로그래머라고 소개하며 메일을 보냈다. 그리고 현재 아프리카에서 엄청난 인기를 끌고 있는 한국 가수가 있는데, 이 강력한 콘텐츠를 활용해서 선의도 실현하고 우리 각자가 하고 있는 일을 홍보도 하면 어떻겠냐고 제안했다. 생각보다 협력은 아주 쉽게 진행됐다. 그녀의 메일을 받은 단체들은 마다할 이유가 없었다.

미진은 이때 미처 몰랐다. 자신의 이 기획이 10년 후, 전통적 의미의 소속사들을 모두 해체시키는 단초가 됐다는 사실을. 스타는 더는 팬의 구매력에 의해서만 생존하는 존재가 아니었다. 구매력이 없었던 시절의 비엘이 계약 기간이 반토막 나며 버려지는 일 따윈 없었다. 스타와 팬 사이에는 벽이 없어지고 상호간의 사랑과 서로의 취향, 성향에 맞는 기획만 남았다. 스타의 삶과 꿈은 팬이란 존재에 의해서만 의미와 목적을 찾게 되었다.

지상 가까이 다가와 더 반짝이는 별, 진정한 의미의 '스타'가 탄생한 것이다.

인간한테 머리카락을 자르며

의자에 앉자, 그녀가 내 등 뒤에 섰다. 정연이란 이름은 알고 있지만 나는 이름 너머의 그녀에 대해 아는 것이 없다. 그녀는 피아노 덮개를 막 열고서 몇 개의 손가락으로 건반을 두드리는 사람처럼 내 오른쪽 어깨를 가볍게 탄주했다.

"이제 안경 벗어 주세요."

그녀는 오른쪽으로 돌아 내 안경을 어디론가 가져갔다. 눈이 흐릿해지면서 거울 속의 그녀는 뿌옇게 형체만 남았다.

"이번에는 어떻게 자르실 건가요?"

그녀의 목소리에 애교 같은 것은 없었지만 태생적인 친절함은 가끔 예고 없이 드러났다. 그럴 때면 내 귀는 꽃이 되었고 그녀의 말은 잠자리 날개처럼 그 위에 앉았다. 그렇게 종종 그녀의 말은 그저 지나가지 않고 머무를 때가 있었다.

"당신이 알아서 해주세요. 저와 가장 어울리는 스타일로."

그녀는 내 머리카락을 정성스럽게 흔들었다. 내 등 뒤의 세상

HAir SHOP

은 고요한 물속 같았고 내 머리카락은 그녀의 손이란 지느러미가 가볍게 흔드는 대로 움직이는 해초였다. 사각사각 소리가 들리고, 머리카락은 가을 단풍잎의 낙하보다 조용하게 떨어지기 시작했다.

"손님, 그런데 왜 항상 더 비싼 '사람'에게 머리카락을 자르세요?"

선잠에 들려는 초입 길의 희미한 의식 속에서도 나는 이 순간에 해야 할 말들을 고르려고 애썼다.

"머리카락 잘라 주는 기계를 쓰면 값도 저렴하고 어울리는 헤어스타일도 추천해 주는데. 데이터도 남을 거고요. 나중에 머리카락에 문제가 발생했을 때, 머리가 빠졌다든지…… 그럴 때 이식에 대한 조언도 해줄 수 있고요."

"저는 한 달에 한 번 머리를 자르죠."

동문서답 같은 말이었다. 사실은 그 뒤에 '그리고 저는 그것을 즐기죠'라고 말하고 싶었으나 너무 이상하게 들릴까 봐 참았다. 정연 씨가 나를 이상하게 생각해 버리면 난 더이상 지금처럼 편안하고 기분 좋게 머리카락 손질을 받지 못하게 될 것이다. 나는 다시 한 번 말을 골랐다.

"기계는 데이터를 남기지만, 당신 손바닥엔 제 머리카락에 대한 느낌이 남아 있겠죠."

이번에도 나는 더 하고 싶은 말이 있었다.

'사실 머리카락을 자른다는 것은 머리카락뿐 아니라 그 사람 전체를 봐야 하는 것이잖아요. 그러니까 제가 여기에 올수록 당신은 제 머리카락에 익숙해질 테고 저란 사람에 대한 기억도 점점 뚜렷해지겠죠.'

내 머리카락은 본격적으로 떨어지기 시작했다. 남들이 볼 때, 지금까지의 내 인생은 거의 망했다고 할 수 있을 것이다. 친구들은 못된 여자를 부인으로 맞아들인 것부터가 잘못이라고 했지만 운명이란 것은 인지하는 순간 이미 인생의 다음 계절로 넘어가 있다. 우리가 여름에 있을 때, 우리는 이미 더 큰 겨울 속에 있다.

내 머리는 늦가을의 나무 같다. 머리카락은 두서없이 떨어지는 것처럼 보이지만 그녀의 머릿속에는 어떤 그림이 있을 것이다. 그렇게 그녀는 내 육체 중 일부를 잘라 낸다. 육체의 일부이지만 잘라도 고통이 없는 머리카락. 시간이 흐르면 어떤 추억들은 그렇게 우리에게서 분리되어야 한다.

한 달에 한 번, 나는 머리카락을 자른다. 이름 외에는 아무것도 모르는 그녀에게. 나는 그녀에게 더는 다가서지 않을 것이다. 나는 이제 내 주변에 머무를 수 있는 인간적인 것에 만족할 수 있는 사람이 된 것이다.

다른 방에서는 기계들이 사람의 머리카락을 자르고 있다. 이 방에서는 사람 대 사람, 즉 사람의 손이 나의 머리카락을 자르고 있다. 그저 그것일 뿐, 그 외의 의미를 찾고 싶지는 않았다.

왜 시어머니에게 광고를 하니

수영은 남자 친구로부터 예비 시어머니가 결혼반지를 같이 보러 가기를 원한다는 말을 들었을 때, 슬며시 불안해했다. 집안의 부나 체면 같은 것이 누가 봐도 남자 쪽으로 기우는 마당에 혹시 창피를 주려고 하시는 것은 아닌지 걱정됐던 것이다. 하지만 어차피 거부할 수는 없었다. 수영 또한 거절하고 싶지 않았다. 어차피 자신과 남자 친구를 위해서도 시어머니와 사이좋게 지내야 했고 아무래도 현재로서는 그 '미션'이 전적으로 수영 자신의 몫 같았다.

하지만 기우와 달리 시어머니는 수영과 아들을 정말 도와주러 온 것이었다. 친구가 한때 보석 도매상을 한 적이 있었는데 당시 시어머니도 나름의 애환을 겪던 시절이라 일을 잠깐 도와준 적이 있었다고 했다. 시어머니는 본인도 큰 욕심이 없으니 수영에게도 큰 욕심을 부리지 말라고 했다. 적절하게 가격의 상한선을 정해 놓고 그 안에서 가장 예쁜 반지를 찾자고 했다. 그리고 그 일은 정말 싱겁게 끝나 버렸다. 세 명의 예비 가족은 그 일을 불과 40분 정도 만에 끝내 버렸다.

수영은 마음이 홀가분해졌다. 게다가 가격과 무관하게 시어머니가 골라 준 반지도 무척 마음에 들었다. 어제 오후에 그친 비는 아직 거리를 빛나게 하고 있었고, 그 빛은 구름을 한 번 거쳤다가 남자 친구의 얼굴에 들었다. 아주 잠시 동안이지만 수영의 눈에 이 세상 모든 것들이 사랑스럽게 보였다.

햇살은 구름을 서서히 걷고 얼굴을 드러냈다. 10시쯤에 브런치를 먹고 나서 반지를 고르러 갔던 길이라 셋은 종로 뒤쪽에 있는 케이크가 맛있다는 카페를 찾아가기로 했다. 남자 친구가 안내를 했는데 몇 번 헤매더니 점점 헷갈려 했다. 언덕길이라 조금씩 땀이 나기 시작했다. 시간은 2시를 넘어가고 있었다. 여름이 끝난 지 꽤 되었지만 날씨는 잠시 다시 여름이 돌아왔다고 착각을 한 듯했다. 수영은 시어머니가 자꾸 눈을 찡그리는 것이 보였다.

"어머님, 눈이 아프세요?"

"응, 원래 햇빛에 좀 약한 편이거든."

수영은 점수를 딸 좋은 기회라고 생각했다. 100점은 못 되어도 70점 정도는 시어머니 마음에 들고 싶었다. 수영은 가방을 뒤져 스마트글라스를 꺼내 썼다. 그리고 선글라스 기능을 실행한 다음 시어머니에게 건넸다. 투명하던 안경알이 까맣게 변해 있었다.

“아, 미안. 이젠 정말 확실히 길을 알겠어. 저기 보이는 오른쪽 골목으로 들어가서 조금만 더 가면 있을 거야.”

셋은 다시 길을 돌아가야 했다. 수영은 점점 안색이 어두워지는 시어머니가 걱정되어 한마디 했다.

“오빠, 만약 저기도 없으면 우리 그냥 근처로 가자. 거기는 다음에 우리가 제대로 찾아서 어머님 모시고 가고.”

수영은 남자 친구에게 눈짓으로 어머님을 보라고 신호를 보냈다. 어머니가 정말 힘들어 보였다. 셋은 오른쪽 골목 안으로 들어가 한 바퀴 돌았지만 역시 찾는 카페는 보이지 않았다. 머쓱해진 남자 친구는 일부러 호탕하게 웃으며 바로 눈에 띄는 카페로 가자고 했다.

"먼저 들어가 있으렴. 나는 잠시 전화할 데가 있으니."

두 사람은 둘을 먼저 들여보내고 돌아서는 어머니를 걱정스럽게 쳐다보다가 이내 카페 안으로 들어갔다.

아들 내외가 사라지고 나서야 시어머니는 방금 안경 속에서 본 것들을 떠올리며 이 일을 어떻게 해야 할지 생각해 보았지만, 여전히 혼란스럽기만 했다.

'아들이 저 아이를 사랑하는 것은 분명해. 그런데 문제는 저 아이가 우리 아들을 정말 사랑할까 하는 거야.

이렇게 대출 광고가 자주 보인 건, 그래 그럴 수 있어. 보아하니 사치스럽지도 않고 낭비하는 아이도 아니야. 주변 상황 때문에 돈이 급하게 필요했거나…… 열심히 살다 보면 돈은 필요해지기 마련이니까.

그런데 패스트푸드 광고도 몇 번이나 안경에 보였단 말이야. 평소 식습관이 좋지 않은가? 그래 뭐, 내가 도와줄 수도 있어. 요리야 잘하는 내가 하면 돼.

그런데…… 이상한 술집에서 나오는 그 광고들은……. 헐벗은 남자들이 이상한 자세로 늘어서 있질 않나, 남녀가 술 마시고 부둥켜안고 노래를 부르질 않나. 아휴…… 그 술집 광고들은 도

무지 이해가 안 돼. 솔직하게 물어보면 가본 적은 없고 그냥 호기심 차원에서 몇 번 검색해 봤다고 말할까? 아니면 분명 거짓말이겠지만, 회사 일 관련해서 자료를 찾았다고 할 수도 있겠지. 하지만 이제 난 걔를 믿지 못할 것 같아.'

수영은 시어머니에게 스마트글라스를 건넬 때 급한 나머지 '광고 매칭' 스위치를 끄지 않고 주었다. '광고 매칭' 기능은 거리를 걷다가 평소 자주 검색하는 것들과 관련된 장소가 나오면 그에 대한 광고 정보를 글라스에 팝업창으로 띄워 보여 주는 기능이었다. 시어머니는 카페 유리창 안으로 보이는 웃고 있는 아들과 예비 며느리를 보며 발만 동동 굴렀다.

이 시각 수영은 아무것도 모른 채 오늘 점수를 땄다고만 생각하고 있었다. 그나마 괜찮아 보이는 케이크 두 개를 골라 놓고 시어머니를 기다리는 그녀는, 무너져 버린 시어머니의 신뢰도 모른 채 앞으로 사랑받는 며느리가 될 희망에 마냥 즐거워하고 있을 뿐이었다.

완벽한 집을 떠나며

김치볶음밥에 올릴 달걀프라이를 먼저 만들었어야 했는데, 아차 싶었다. 아들 명식이에게 꼭 달걀프라이가 올라간 김치볶음밥을 먹이고 싶었는데. 아들의 입맛은 나와 기이할 정도로 비슷했다. 나는 재빨리 하나밖에 없는 프라이팬을 설거지하고 달걀을 정성스럽게 깨뜨려 넣었다.

"아빠, 여기 올 때마다 느끼는 거지만 우리 동네 어둠과 이 동네의 어둠은 뭔가 다른 것 같아."

어딘가 철학적인 것 같기도 하고 시적인 것 같기도 한 얘기였다. 아들은 철학이나 문학에 소질도 없었고 관심도 없었다. 하지만 이런 표현을 쓸 만큼, 지금 내가 거주하고 있는 이 동네가 아들에게 괴리감과 이물감, 단절감을 준 것이 분명했다. 나는 어묵국물을 떠먹으며 그래도 어쩔 수 없었다고 되뇌었다.

원래 우리 가족이 함께 살던 집은 신축된 지 1년밖에 안 된 한국 최고가 아파트였다. 달리 신식일까 싶게, 집 안 어딘가에서 몰래 담배라도 피우면 무조건 적발되었다. '니코틴 필터링 그물'을 둘러싸거나 아주 고도화된 전자담배를 피워도 소용이 없었다. '니코틴 필터링 그물'은 평소엔 마우스 크기로 접혀 있다가 하단에 달린 버튼을 누르면 모기장처럼 펼쳐져 공기 중 니코틴 성분만 필터링해 주는 아주 획기적인 흡연 보조 제품이었다. 그러나 흡연인들에게 일시적 파라다이스를 만들어 주는 이 고마운 놈도 최신식 아파트에선 무용지물이었다. 천장, 벽, 바닥에 촘촘하게 박힌 흡연 감지 센서는 단 1초라도 담배 연기가 피어오르기만 하면 바로 적발했고 이웃주민들의 홈 시스템 디스플레이, 텔레비전, 등록된 스마트폰으로 즉시 경고를 보냈다. 그뿐 아니라 몇 호에서 피운 담배 때문에 각종 암이 발병될 확률이 몇 퍼센트 높아지고, 그로 인해 건강보험료가 얼마나 올라가고, 게다가 민사소송을 청구할 경우 얼마의 보상금을 받을 수 있는지까지 정보가 제공됐다. 아주 친절하게 환경전문가와 변호사를 바로 호출할 수도 있었다.

담배만이 아니었다. 가족의 알레르기나 유전적 질환을 등록해 놓으면 이웃집에서 발생하는 음식 냄새나 소음으로 인해 내가 얼마만큼의 스트레스를 받고 건강상의 피해를 어느 정도 봤는지도 분석해 알려 주었다. 변기에 오줌을 누면 자동적으로 당뇨병을 체크했고, 현관 바닥에 설치된 하중 센서와 천장에 설치된 적외선 센서를 통해 가족의 비만도가 실시간으로 계산됐다.

데이터들은 모든 세대에게 공유되었다. 이유는 집값이었다. 그 아파트에 사는 사람은 건강관리를 넘어 신체도 완벽해야 했다. 완벽한 사람들이 완벽한 방식으로 살아야 적어도 한국 최고의 집값이 떨어지지 않는 것이다. 새로운 입주자가 계약을 성사시켰다고 해도 기존의 입주민들이 투표해 전체 3분의 2 이상이 찬성해야 입주할 수 있었다.

나는 매일 한 시간 이상 운동하고 오래 피우던 담배를 끊었다. 식단 정보까지 이웃들과 공유되기 때문에 건강식으로 먹는 노력까지 했다. 하지만 나는 결국 잠시 가족을 떠나 살 수밖에 없었다. 대기업 사장까지 지낸 아버지보다 빠른 속도로 상무까지 오른 나였지만, 전무가 되기까지는 그 속도가 매우 더디었고 결국 전무 직위로 2년을 채우지 못하고 해고되었다. 그리고 그 사실 역시 입주민들에게 공개되었다.

나의 해고는 집값이 3% 하락할 수 있을 만한 정보로 분석되었다. 이미 입주한 사람들은 범죄를 저지르거나 다른 이웃의 건강과 생명에 악영향을 끼치는 행위를 지속하지 않는 한, 강제로 내쫓을 수는 없었다. 입주민들 자신이 안 좋은 상황에 처할 때를 대비해 만든 최소한의 안전장치였다. 하지만 눈치는 예외였다.

"명식아, 맛있니?"

"응, 아빠가 해주는 김치볶음밥하고 어묵국은 항상 최고야!"

물론 난 사랑하는 아내와 아들을 떠나서 살고 싶지 않았다. 그

러나 평생 엘리트로만 살아서 그런지 그 아파트에 계속 있는 건 자존심이 허락하지 않았다. 게다가 아내를 통해 명식이가 친구들에게 놀림을 받고 있다는 얘기를 맨 처음 들었을 때, 나는 결국은 이렇게 될 거라 예감했었다.

우리 엄마가 그러는데 너희 아빠 때문에 집값 떨어진대. 그러면 가난한 사람이 우리 아파트에 들어올 수도 있댔어. 그런 사람들은 나중에 반드시 나쁜 짓을 한다더라. 너 그냥 다른 데서 살면 안 되나? 우리가 무섭잖아.

나는 최소한 중견기업의 전무가 되거나 중소기업의 이사는 되어야 집으로 돌아갈 수 있었다. 처음 2주 동안은 이력서를 보낼 곳이라도 있었지만, 이제는 더 해볼 수 있는 것이 없었다. 오늘 명식이가 나를 보러 오는 바람에 만든 이 간단한 음식이 지난 일주일간 내가 했던 유일한 생산적인 일이다.

떠나는 나를 말리지 않았다고 해서 아내가 나를 사랑하지 않는 것은, 아마도 아닐 것이다. 주위 평판에 신경 쓰고 아들의 교육에 관해서는 누구보다 열정적인 사람에게 차마 다른 곳으로 가족 전부가 이사하자고 말하지 못한 건 나였으니까. 부부가 별거해서 사는 것이나 고정 수입이 없다는 것은 집값 하락에 영향을 주는 요소가 아니었다. 적어도 그 아파트에서는. 그런 집에 살 정도면 돈은 충분히 있으니(실제로 나도 평생 놀아도 될 만큼의 자산은 갖고 있다) 그보단 명예와 직위, 자리와 간판이 더 중요했다. 그렇다고 회사를 차리면 그건 오히려 집값 하락에 영향을 주는 요소로 잡혔다. 요즘에 창업하는 사람의 99%가 2년 내에 망하고 마니까.

지금 내가 할 수 있는 일은 사랑하는 아들의 얼굴을 바라보며, 그가 조금의 걱정도 하지 않도록 어묵 국물을 맛있게 떠먹는 것밖에는 없었다.

얼굴이 왜 그래?

"정혜야, 요즘 무슨 일 있어?"

동창회를 나가면 반드시 안부를 묻게 돼 있다.

"무슨 일은…… 별일 없어. 내가 언제 별일 있는 것 봤니?"

내 인생은 한때 친구들 눈에 평안무사로 보였을 것이다. 이젠 오리무중으로 보이겠지. 예전에는 나를 속 깊은 아이라고 착각해 준 사람도 많았다. 하지만 지금은 속내를 잘 드러내 보이지 않는 사람 또는 솔직히 별 다른 내면이 없는 사람으로 보인다는 것을 나도 알고 있다. 그래, 과묵하다고 해서 모두 과묵한 천재였던 요한네스 브람스가 될 수 없으니까.

내게 안부를 물었던 친구는 금세 나에 대한 관심을 껐다. 나는 그냥 별 흥미가 동하지 않는 그러니까, 시청률이 극히 낮은 방송 프로그램 같은 존재였다. 다른 테이블에 앉아 있던 이름마저 가물가물해진 친구가 내 앞쪽으로 다가오며 또다시 지겨운 안부를 물었다.

“정혜야, 너 얼굴이 왜 그러니? 오늘 마스크 안 했어? 너무 바빠서 이번 주 페이스 검사를 빼먹은 거니?”

그래, 그 마스크 때문에 나는 오늘 이 뻔한 동창회에 뻔뻔한 얼굴로 참석했다. 아직 대부분의 친구들은 나를 멋진 커리어 우먼으로 알고 있지만, 나는 이제 마스크를 살 돈도 없는 불량 중년 여성이 되어 버렸다. 나는 남편도 없고 아이도 없다. 있었던 적도 없다.

4년 전, 그가 이상한 낌새를 보일 때마다 “아직 결혼할 생각 같은 건 없을뿐더러 결혼이란 거 자체를 진지하게 생각해 본 적도 없어”라며 단호히 끊어 내던 나였다. 그러다 덜컥 임신을 했지만 그때도 난 그에게 결혼 문제를 꺼내지 않았다. 여전히 결혼할 생각이 없었다. 그런데 아이를 지울 생각도 들지 않았다. 임신 4개월째부터 난 그와의 연락을 확실히 끊었다. 아이와 별개로 그가 진지하게 내 인생에 들러붙는다고 생각하니 소름이 끼쳤다. 전문가에게 상담하는 건 분명 말도 안 되는 결과가 나올 것 같아 시도도 하지 않았다.

나는 이사를 갔고 직장에는 휴직서를 냈다. 하지만 임신 9개월째에 유산을 했다. 더불어 면역질환과 위암에 걸렸음을 알게 됐다. 직장으로 돌아가지는 못했고 그동안 모아 놓은 돈은 병원비와 수술비로 죄다 탕진했다. 내게 남은 것은 5평짜리 방 한 칸과 내게 임신을 안겨 준 그가 결혼해서 잘살고 있다는, 먼 곳으로부터의 뉴스뿐이었다.

난 마스크가 필요했다. 그래서 아주 오랜만에 동창회에 나왔다. 몇 달 전 미희의 남편이 마스크 대리점을 하고 있다는 소식을 들었기 때문이다. 미희에게만 속사정을 말하고 세 달 정도 페이스 검사기를 빌릴 수 없는지 물어볼 요량이었다. 미희와 나의 관계는 고등학교 때나 지금이나 딱히 멀지도, 그렇다고 가까운 관계도 아니었다.

나는 염치불구하고 미희에게 부탁을 해야만 했다. 그래야 새 직장을 얻을 수 있었다. 직장은 먹고살기 위해서도 필요하지만, 새로운 남자를 만나기 위해서도 필요하다. 내게 남자가 있어야 한다는 사실은 인정하고 싶진 않으나, 인정하기 싫다고 해서 인정하지 않을 수 있는 시기가 이미 지나 있었다.

고깃집에서의 1차 자리는 거의 마무리돼 가고 있었다. 미희는 아무래도 주부이다 보니 2차를 가지 않을 가능성이 컸다. 나는 초조해지기 시작했다. 일단 화장실을 갔다 오는 척하며 미희 옆에 빈자리가 나지 않는지 지켜봤다. 오지도 않는 전화까지 받는 시늉을 하며 십 분 정도 버티었을 때, 미희 옆에 자리가 났다. 나는 더는 의뭉스럽게 행동할 수 없었기 때문에 바로 직진해 미희 옆에 가서 앉았다. 내가 봐도 걷는 폼이 어색했지만 지금 그런 게 대수가 아니었다. 나는 미희 옆에 앉아 인사를 했다.

"어머, 정혜야. 왜 고개를 그렇게 숙여? 내가 직장 상사도 아니고. 너 좀 변한 것 같아."

미희의 말이 맞았다. 나도 모르게 미희 옆에 앉아 고개를 90도로 숙이며 인사를 했다. 그러면서 행동에 맞지 않는 "미희야, 안녕"이란 친근한 내용의 말을 로봇처럼 딱딱하게 뱉었다.

"정혜, 너 요즘 피부에 트러블 있구나."

마침 미희가 내 피부에 대해 이야기하기에 그 말을 받아서 나름대로 본론으로 들어가려는 찰나, 아까부터 저쪽에 앉아 있었던 한숙이가 어느새 쪼르르 달려와 끼어들었다.

"그래, 맞다! 미희야, 정혜가 몇 년 만에 연락 와서는 오늘 너 동창회에 나오는지 묻더라. 둘이 친했었어?"

2초 정도 어색한 침묵이 흘렀다. 나는 재치 있게 말을 받았다.

"응, 사실 나 마스크 대리점이나 해볼까 하고 있거든. 미희 남편이 그걸 한다는 얘기를 들어서."

"그래? 우리 남편 그거 접은 지 1년 넘었는데. 어쩌지? 그래도 아는 건 있을 테니 내가 물어봐 줄게."

……이런.

예상대로 미희는 1차 자리가 끝나자 집으로 돌아갔고, 나 역시 더 이상 남아 있을 필요가 없어 자리를 떴다. 집에 돌아오니 텅 빈 벽에 쓸쓸히 걸려 있는 거울이 날 반겼다. 맨 얼굴의 나를 한참 들여다보았다. 거울 앞에 구식 화장 도구들이 한 움큼 남아 있었다. 하지만 마스크를 쓰는 것과 사람의 손으로 직접 화장하는

것은 누가 봐도 큰 차이가 났다. 요즘에는 초등학생들도 구식 화장 도구나 화장품을 쓰지 않는다. 삼십 년 전 정수기를 구매할 정도의 돈이면 지금 페이스 검사기를 구매하거나 임대해 쓸 수 있으니까.

페이스 검사기 받침대에 얼굴을 올려놓으면 센서들이 얼굴 상태를 면밀히 분석한다. 그리고 내 얼굴에 가장 알맞은 나이트 팩이나 아침 화장 마스크를 출력해 준다. 화장 마스크의 경우는 몇 가지 안을 제시하고 그중 하나를 이용자가 고를 수 있다. 보통 눈썹이나 입술 화장은 일주일이나 보름 정도의 기간으로 시술소에서 반영구 화장을 하고(물론 언제든 지울 수 있다), 얼굴 화장은 아침에 출력된 마스크 하나만 쓰면 끝이었다.

한동안 페이스 검사기 시장에선 마스크를 쓴 다음 스며드는 시간을 단축하는 경쟁이 펼쳐졌다. 그 결과 현재는 마스크를 쓰고 1분이면 화장이 완성되는 경지에 이르렀다. 페이스 분석기는 팩과 마스크 말고도 스마트 옷장과 신발장에 있는 옷과 구두까지 분석해 오늘의 화장과 가장 어울리는 옷과 구두까지 추천해 주었다.

이제 거리엔 미남미녀가 넘쳐난다. 모두가 셀러브리티고 뷰티 아티스트다. 무채색 옷만 가득하던 겨울의 거리마저 화려하고 개성 있는 패셔니스타들의 런웨이가 되었다. 그 안에서 페이스 검사기 한 대 빌리지 못하는 나는 겉돌다 못해 튕겨져 나갈 수밖에 없었다.

버석한 얼굴을 한참 매만지다 불을 껐다. 그리고 어서 잠에 빠져들기를 희망했다. 하지만 잠은 쉬이 오지 않았다.

조금 과장된 표현이겠지만, 나는 오늘 얼굴이 1년은 폴싹 더 늙어 버린 느낌이었다.

만약에

그는 갑작스럽게 죽었다. 시골에 내려가 있던 그는 공중전화기로 내게 전화를 걸고 있었다. 그때, 갑자기 뒤편의 벽이 무너지며 번개처럼 내려쳐진 흙더미가 그를 깔아뭉갰다. 자정을 넘은 밤이었고 주변에는 아무도 없었다. 경찰이 현장을 보고 추론한 그의 죽음의 전말이다.

그는 흙 속에서 잠시라도 살아 있었을까? 흙더미 속에서 그는 씨앗이 되어 버렸다. 그 씨앗은 죽지도, 피지도 않은 채 내 가슴을 지나는 혈관 속에 박혀 있다. 그를 생각하면, 그는 내 가슴속에서 씨앗이 된 자신의 존재를 흔들며 가슴을 답답하게 울린다.

어제도 그 현장에 갔다. 이제는 그 공중전화기마저 사라지고 흔적조차 없다. 그는 공중전화기를 무척이나 좋아했다. 공중전화기는 보편적 통신을 제공해야 한다는 의무 때문에 여전히 사라지지 않고 있었지만, 공중전화기 회사 직원보다 그 존재를 기억하고 아낀 사람은 아마 그가 유일했을 것이다. 그는 공중전화기가 사람들 사이에 서 있는 양손 같다고 했다. 떨어져 있는 사람들을 향해 모든 손을 벌리고 있는 성자 같다고도 했다.

또 그는 나무보다 공중전화기를 더 좋아했다. 나무는 살기 위해 뿌리로 물과 양분을 빨아들여야 하고 그러기 위해서는 저 나름의 공간이 필요한데, 그 공간이 나무들 간에 어쩔 수 없는 거리를 만든다고 했다. 하지만 공중전화기에는 그런 타고난 거리가 없어서 좋다고 했다. 죽기 전 그가 고향이 아닌 타지의 시골에 내려가 있던 것도 공중전화기를 구경하는 특이한 여행을 하기 위해서였다.

원래 그의 직업은 빵집에서 빵 만드는 기계를 감독하는 일이었다. 본질적으로는 빵 가게에서도 노동력이 필요했지만 인력은 필요 없었다. 노동은 기계로 충분했고 전국의 빵집 관리도 본사의 중앙통제실에서 가능했다. 상권마다 있는 빵집은 사실상 내방객을 위한 것이라기보다는 동네에 가까운 작은 물류센터의 개념이었다. 집에서 모든 주문과 결제가 가능해졌고 모든 업체는 즉시 배송 서비스를 제공했다. 그가 일하던 빵집은 공원 근처에 있었기 때문에 그나마 내방객이 많았다. 맛있는 간식은 휴일의 즐거움을 더 북돋아 주니까.

빵집에 인력이 필요 없어도 사람을 고용해야 하는 데에는 고용 정책적인 이유도 있었다. 정보기술의 발전은 사람들이 꼭 필요한 것만 소비할 수 있게 해주었지만, 정부에게는 본질적으로 불필요한 정책을 많이 시행하도록 만들었다. 보통의 사람들이 꼭 필요한 것만을 소비하도록 만들기 위해서는 최소한의 돈은 벌게 해줘야 하기 때문이다.

그와 달리, 나는 회사에서 꼭 필요한 개발자였다. 어릴 때부터 컴퓨터언어를 배우지 않으면 먹고살기 힘들다는 얘기를 너무 많이 들어서, 내게 그것은 꼭 해야 하는 일이 되어 있었다. 부모님도 개발자였고, 공부도 회사 일도 프로그래밍 관련의 것만 했다. 서른이 넘어가면서 철학 책 한 권 읽은 적 없는 내게 '난 도대체 왜 살고 있지?'란 철학적 고민이 다가온 것도 그런 과거 때문일 것이다. 먹고살기 위해 교과서를 암기하듯 억지로 하고 있는 개발자 노릇을 그만두고 싶었고 시나리오, 알고리즘, 기획이란 단어들에 신물이 났다. 아무렇게나 살고 싶었고 그럴 수 없다면 차라리 죽는 게 낫다는 생각까지 진심으로 했다.

어느 휴일에 나는 하릴없이 걷다가 멈춰선 정류장에서, 문득 도착한 버스를 번호도 보지 않고 올라탔다. 그리고 그대로 종점까지 갔다. 종점까지 갔다기보다는 종점에서 내릴 수밖에 없어 내렸다는 게 맞다. 종점에서 내린 사람들은 대부분 한 방향으로 걸어갔고 나 역시 낙엽을 밟으며 그저 뒤따라갔다.

그 전날부터 굽어서인지 어디선가 불어오는 빵 냄새가 너무 달콤했다. 나는 가게 문을 열었고 마침 그가 데스크 뒤에서 모자를 벗으며 머리를 만지고 있었다. 그는 털털하게 몇 번 머리를 만

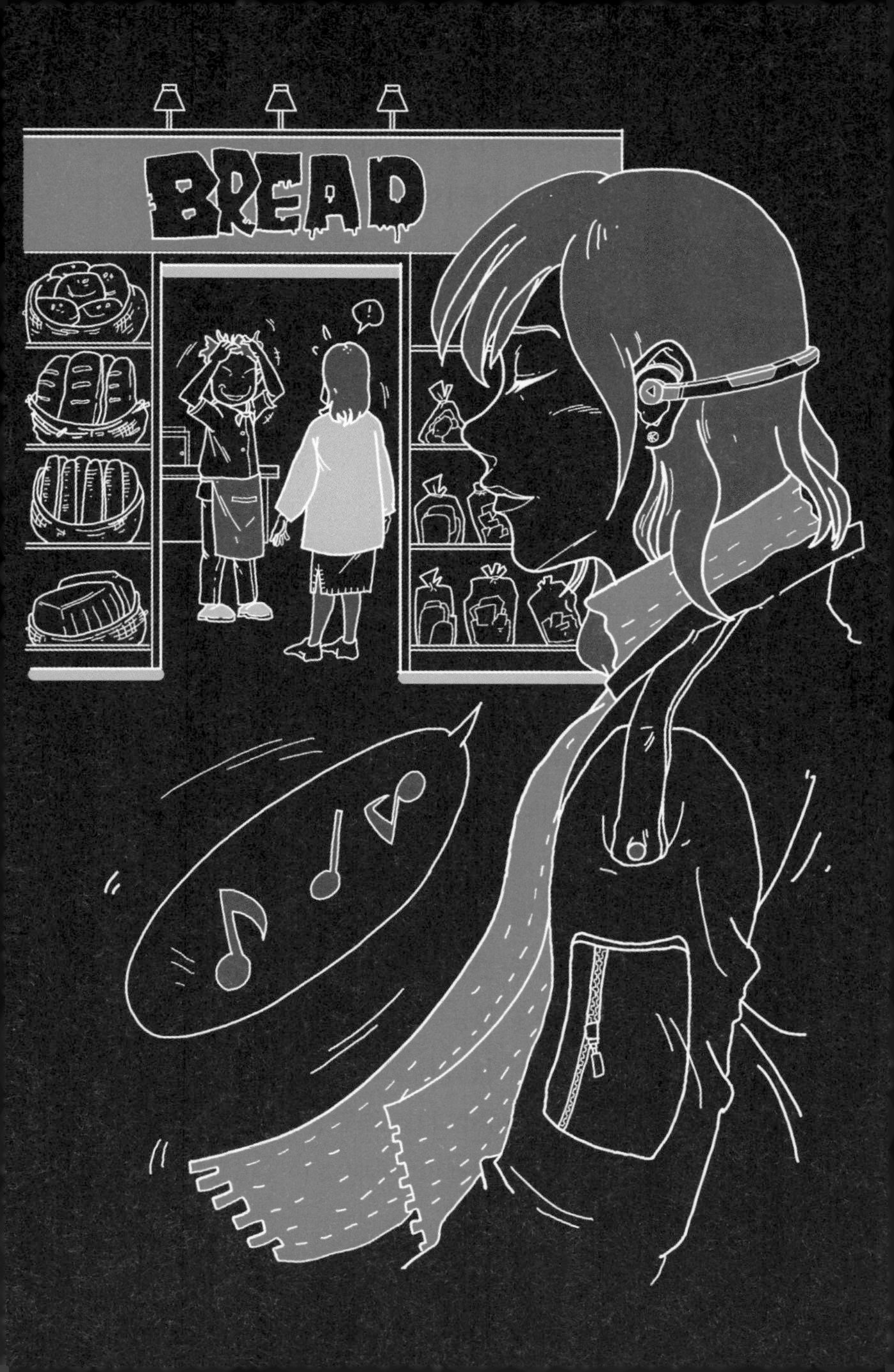
BREAD
!

지더니 내 쪽을 돌아봤다. 머리를 정돈하는 게 아니라 오히려 헝크는 것 같았다. 그는 날 보며 아주 행복한 미소를 지었다.

나는 그 순간 내가 항상 불행했음을, 그리고 그럴 때마다 '그래도 나는 너희보다 사회적 지위도 있고 돈도 많이 벌어'라고 자위했던 것이 정말 부질없었음을 깨달았다. 물론 속으로 했던 그 생각들이 구차한 자존심임을 당시에도 알고 있었다. 다만, 그때는 나를 지켜봐 주는 시선들이 있었다. 이 시선들은 나를 불행의 늪 속에 먼저 빠뜨린 다음, 완전히 빠지지는 않게 잡아 주는 얄미운 밧줄 같은 것이었다. 어떤 의미에서는 돌아가신 부모님도 그 시선의 무리 중 하나였다.

그는 웃음을 거두지 않은 얼굴로 내게 말했다. 훗날 나는 나같이 도저히 부서질 것 같지 않은 얼굴을 하고 있는 사람에게 그런 부드러운 웃음을 보일 수 있었던 그의 마음의 자세에 경의를 표했다.

"여기까지 버스 타고 오셨죠? 버스는 참 좋은 것 같아요. 오직 한 사람이 내릴 때에도 그 많은 사람들이 다 기다려 주잖아요. 그건 마치 배웅 같기도 하고 슬픔을 참기 위해 숨을 멈추는 순간 같기도 해요. 그렇지 않나요?"

나는 그 뒤로 몇 개월 동안 주말이면 그 빵집에 갔다. 그가 출근하지 않는 날엔 희한하게도 아팠다. 그리고 그다음 주에 나는 '당신이 없어서 지난 한 주 내내 아팠다'고 말했다.

그가 죽고서 3개월이 지난 뒤, 나는 일을 그만두었다. 3개월 동안은 사실상 제정신이 아니었기 때문에 기계처럼 일을 할 수 있었다. 허나 3개월이 지나자 뻥 뚫린 가슴의 존재가 그제야 인식되었다. 나는 그 후로 그가 죽은 시골에 내려가 거의 2년 동안 새로운 작업에 몰두했다. 그 작업은 내가 개발을 계속해야 하는 이유, 살아야 하는 이유가 되었다.

나는 그의 모든 것이 좋았지만 무엇보다 그의 말이 좋았다. 그리고 그가 말할 때의 음색과 떨림까지도 좋았다. 그래서 나는 언젠가부터 습관처럼 우리의 대화를 녹음했다. 미처 녹음을 못 했을 땐 방금 했던 말을 다시 해달라고 부탁해 녹음하기도 했다. 나는 그의 목소리를 살리고 싶었다.

음성 인식이나 분석 작업은 내게도 생소한 것이었으나 나는 무모하게도 그것에 뛰어들었다. 처음부터 배우는 것이 목적이 아니라 실제 내가 원하는 프로그램을 만드는 것이 목적이었기 때문에 테스트보다는 바로 실행하는 쪽으로 움직였다. 처음 6개월 동안은 아무리 작업을 해도 다시 제로로 돌아왔다. 그러나 어느 순간부터는 골인 지점이 눈에 보이기 시작했다. 나는 최대한 조금 자기 위해서 딱딱한 소파에서만 잤고, 겨울에도 일찍 일어나기 위해 얇은 담요만 덮었으며, 음식은 일을 하면서 먹을 수 있는 한입 크기의 과일과 빵 같은 것만 먹었다. 물론 이런 불편함들은 내게 아무 문제가 되지 않았다.

그리고 그가 죽은 지 2년째가 되는 오늘, 난 마침내 나의 결과물을 확인해 보기로 했다. 나는 '듣고 싶은 노래' 리스트에 '만약에'를 넣었다. '듣고 싶은 목소리'에는 그의 이름이 자동 세팅 돼 있었다. 다른 가수가 부른 '만약에'라는 노래를 그의 목소리로 변환하는 동안 컴퓨터 화면은 까만 얼굴이었다.

나는 예전에 산더미처럼 녹음해 둔 그의 성문과 뉘앙스 그리고 그것들에 붙어 있는 목소리의 높낮이와 감정 등을 모두 분석해 알고리즘을 짰다. '듣고 싶은 노래'의 가사와 멜로디, 박자, 음정 분석이 끝나고 내가 만든 알고리즘 속으로 들어가면 일단 그의 목소리로 부른 노래가 되었다. 그다음 원곡과 대조하며 음악 장치들이 그의 노래를 다시 한 번 노래답게 만들었다.

'만약에'는 이십 년 전 어떤 여가수가 부른 노래였다. 사랑하는 사람에게 가까이 다가가지도 못하고 떠나지도 못하는 바보 같은 자신을 탓하는 노래인데, 나는 그가 떠난 후부터 이 노래를 듣고 싶었다.

나는 그에게, 그가 나에게 준 위로의 절반이라도 주었을까? 검은 화면이 꺼지고 음악이 재생되는 화면이 떴다. 그가 노래를 부르기 시작했고, 나는 눈을 감았다. 난 이제 그의 목소리를 듣지 못하면 단 하루도 버티지 못할 것 같다. 그래도 세상엔 수많은 노래가 존재하고 있으니 다행이었다. 매일 밤, 난 그가 있을 우주를 바라보며 별을 헤아릴 수 있을 것이다.

텔레 상담사

'목소리에서 여름철의 아지랑이가 피어오르는 것 같았다'고 하면, 문학엔 문외한인 주제에 너무 과한 표현을 한 것일까? 사라는 나를 잠들게 하기 위해 내가 가장 졸음을 많이 느꼈던 『스밀라의 눈에 대한 감각』을 읽어 주고 있었다. 그녀의 목소리는 입에서 떨어지자마자 바닥으로 깔리는 저음이었고 그 음성은 손바닥으로 꽉 쥐어야 물기가 겨우 배어나올 만큼 건조했다.

"스밀라는 왜 쇄빙선을 탄 거지?"

"빙하를 건너기 위해서입니다."

사라가 대답했다.

"스밀라는 왜 쇄빙선을 타고 빙하를 건너려고 하는 것이지?"

"결국은 나쁜 실험이 행해지고 있는 어떤 동굴에 이르기 위해서입니다."

"스밀라는 복수를 하고 있는 건가?"

"그렇게 생각할 명확한 근거는 없습니다."

“그녀의 상태는 애매한가?”

“소설에서 그녀가 특정한 상황에 처한 경우는 1,123번이며 그 중 명확한 감정 표현을 했거나 확정적으로 그녀의 감정을 유추할 수 있는 것은 231건입니다. 결과적으로 그녀의 상태가 애매하다고 판단하셔도 됩니다. 물론 이것은 저의 판단입니다. 저는 당신의 판단에 특정한 영향을 끼치기를 원하지 않고 책임질 수도 없습니다.”

형광등에서 쏜 홀로그램이 이번 달에 내가 잠든 시간이 총 78시간이고 현재 스트레스 지수는 70에 이르렀음을 알려 주었다. 잠시 뒤, 홀로그램은 천장을 떠다니는 구름으로 변했고 다시 책 속의 한 장면인 빙하로 변했다. 오디오북에 연동된 가장 저렴한 홀로그램 콘텐츠를 구매했기 때문에 형광등이 쏘는 배경은 10분마다 한 번씩 바뀌는 정도였다. 누구도 더는 책을 ‘읽지’ 않는다. 대신 ‘들을’ 뿐이다. 사람의 감성을 분석해야 하는 빅데이터 기업 입장에서는 책을 읽어 주는 독서 방식의 대대적인 변화가 필요했다.

나는 입을 열었다. 내 이와 혀를 감지한 형광등의 적외선 센서는 ‘잠들기 위해서는 말을 하지 않아야 합니다’란 문구를 홀로그램으로 표시했다. 하지만 불면만큼 견디기 힘든 것은 고독이었다. 사물인터넷과 인공지능을 크게 활용하는 이 시대의 생산 방식은 인구 증대를 필요로 하지 않았고 결혼과 출산은 자연히 감소했다. 국력이 곧 자신의 권력이라고 믿었던 정치인들도 서서히 포기하기 시작했다. 인간의 노동력과 협업이란 것은 몇 개의 부분을 제외하고는 아주 쓸모없는 것이 되었다. 사람들은 우리가 굳이 함께 있을 필요가 없다는 것을 이젠 안다.

논리적으로는 그것이 참이었으나, 다만 외로웠다. 섹스와 데이트의 문제가 아니었다. 데이트와 섹스를 위한 소개팅 자동 매칭 기술은 나날이 발전했고 그것을 폄하하는 문화는 아예 사라지고 없었다.

한 시간 정도를 겨우 자고서 동사무소에 출근했다. 동사무소에는 열 명이 근무하고 있었다. 각자의 책상과 의자가 놓여 있고 책상 위엔 먹다 남은 커피와 녹차가 있었다. 우린 서류 관련 발급 업무는 하지 않았기 때문에 이곳엔 종이가 없었고 서류를 떼러 오는 사람도 없었다. 홍채, 지문, 얼굴을 넘어 내장 인식을 통한 인증까지 가능한 마당에 서류 확인과 발급 업무는 각자 집에서 하면 되었다.

우리는 싸구려 커피를 홀짝이며 사람들을 기다렸다. 우리처럼 할 일 없는 사람들을 말이다. 9시가 되자 사람들이 몰려들었고, 30분이 지났을 때 대기 인원이 40명이나 되었다. 오늘 나의 첫 상담 주민은 두 명이었다. 그들은 동시 상담을 요청했고, 상담자인 나와의 상호 선호도가 최적의 결과를 나타냈기 때문에 우리 셋이 차를 마시고 얘기를 나누게 되었다.

나는 이 매칭 알고리즘이 과연 올바르게 설계된 건지 아니면 오류가 발생했거나 기계적 고장이라도 나버린 것은 아닌지 항상 의심되었다. 인사도 나누기 전부터, 정확히 그들의 얼굴을 보는 순간부터 불쾌했기 때문이다. 물론 내 표정과 동작에는 그런 불쾌감은 전혀 나타나지 않았다. 상담을 할 때는 가슴과 목, 겨드랑이 등에 패치를 부착해야 한다. 몸 안에 내장된 소형 칩을 통해 호르몬의 변화와 분비물의 변화 등이 측정되어 내 스트레스 지수가 파악되면 '나의 진정한 친절도 개선'이 실행된다. 그것이 다시 급여로 환산됨은 물론이다. 나의 의지는 내 의식을 넘어 내 무의식, 그리고 어떤 형태로 있을지도 모를 내 트라우마까지 분쇄해야 한다. 그때그때 내 생각을 측정하는 장치가 몸에 부착되지 않은 것을 참으로 다행이라고 생각해야 할 정도였다.

"어제 「지구로의 귀환」 봤는가? 그게 말이 되는 얘기인가? 그 놈의 로봇들은 화성에서 잘살고 계속해서 태양계 바깥으로 우주 여행이나 하면 될 것이지, 뭐가 살기 좋은 지구라고 이쪽으로 돌아온단 말이여? 화성에서의 경험을 지구 발전을 위해 쓰고 싶다? 대체 누구를 위한 발전이란 말인가?"

「지구로의 귀환」은 화성에서 살던 로봇들이 인간이 그리워 지구 발전을 명분으로 삼아 지구로 돌아오고 싶어 한다는 줄거리의 드라마였다. 백발의 노인은 그 드라마를 비난했지만 아마 자신도 비난하는 이유를 정확히 모를 것이다. 뭐라도 말하고 싶은

데 본 것이 그것뿐이기 때문에 말하는 거였다. 이 노인의 일상에는 다른 스토리가 나올 관계도 사건도 없을 것이다.

그리고 그 옆의 이십 대 초반인 여자도 고개를 끄덕이며 노인과 비슷한 말을 쏟아 냈다. 이 여자도 할 일 없기는 마찬가지일 것이다. 나는 동사무소가 어쩌면 주민들이 자기 마음대로 집단 린치를 가해도 되는 사람을 뽑아 놓은 것이라고 생각했다. 물론, 그 대가로 돈은 주지만.

업무, 그러니까 상담 중에 자신의 스트레스 지수를 확인하는 것은 규정에 어긋나는 일이다. 규정에 어긋나는 일을 하면 늘 피드백이 온다. 그리고 또 급여에 영향을 준다. 그럼에도 난 나의 스트레스 지수를 확인하고 싶어 미칠 지경이었다.

6시가 되자 기다리던 사람들이 다시 몰려 나갔다. 그저 일찍 온다고 해서 먼저 상담받고, 늦게 온다고 해서 상담을 받지 못하는 것은 아니었다. 주민별로 상담받을 수 있는 시간의 총량은 정해져 있었다. 식권을 양도하는 방식처럼 다른 주민에게 상담권을 주거나 살 수도 있었다. 상담 시간의 총량뿐 아니라 기다리는 시간의 총량도 정해져 있었다. 모두 똑같은 시간 동안 상담을 받았고, 상담을 받기 위해 기다리는 시간도 똑같았다.

나는 괜히 시장에 가서 고등어를 샀다. 배달시키면 될 일을 갖고 이렇게 괜히 들르는 사람이 있기 때문에 소매점들이 유지되고 있었다. 소매상들이 물건을 팔기 위해 평균 5분 정도의 대화를 고객과 해주는 것은 일종의 관례였다. 외로운 인간들. 나는 봉지에 든 고등어를 흔들며 어두운 골목 속으로 접어들었다. 문득 봉지 속의 고등어가 날개를 뻗어 하늘을 날고, 그를 붙잡고 매달린 나도 날게 해줬으면 하는 생각이 들었다. 당연히 그런 일은 일어나지 않았다.

구름이 달을 가렸다. 사방이 캄캄해졌다. 골목의 가로등은 내가 있는 것을 인지하지 못했는지 불을 켜지 않았다. 뒷골목에서 비참하게 사는 사람들은 불빛 복지를 받을 필요도 없다는 것인가. 이곳의 담당 공무원들은 분명 가로등에 문제가 있다는 것을 알면서도 고치지 않았을 것이다. 대신 이렇게 말할 것이다.

"그래도 너희는 상담을 받잖아?"

가난할수록 상담받는 시간이 많다는 이론으로 츠벨스키는 노벨 경제학상을 받았다. 그것이 왜 노벨 문학상이 아닌 노벨 경제학상인지는 알 수 없지만.

나는 공무원들의 바람대로 동사무소 직원에 한해 주어지는, 이월되는 혜택 없이 한 달에 세 번 쓸 수 있는 상담권 중 하나를 오늘 소비하기로 했다. 오늘만큼은 새로운 상담사를 만나 보고 싶었다. 나는 굳이 근처에 있는데도 마을버스를 타고 두 정거장 떨어진 곳으로 상담을 신청해 찾아갔다.

30년 정도는 있었을 것 같은 좁은 현관문이 나를 기다리고 있었다. 초인종 버튼에 손을 대 지문을 인식한 다음, 나는 미리 신청한 사람이 맞음을 상담사에게 안심시켜 주었다. 인증은 곧 안심이고 IT는 곧 심리였다. 잡화점 분위기를 피우는 좁고 더럽고 낡은 현관문을 빼면 나머지는 전부 일반 가정집 같았다.

신발장에는 슬리퍼 한 켤레와 오랫동안 닦이지 않는 듯한 먼지가 코에 붙어 있는 구두가 있었다. 오래전에 잘린 어느 인간의 팔 같은 가녀린 구둣주걱이 현관 바닥에 버려져 있었다. 그래, 그것은 말 그대로 버려져 있었다. 이 사람에게 나의 불면과 고독에 대해 상담할 수 있을까? 하긴, 나뿐 아니라 이제 상담에 관해 그런 기대를 하는 사람은 아무도 없겠지. 그저 말할 수 있는 인간이면 된 거니까.

예전에는 위대한 인문학자가 많다고 들었지만 이제는 아무도 없다. 그들은 거창한 말을 하거나 아주 솔직해 보이는 말을 했다. 그러나 결국 거창한 말도 솔직한 눈물도 없었다. 근원적으로 그들도 거창함과 솔직함의 의미를 몰랐고 그 개념에 따라 어떻게 행동해야 하는지도 몰랐다.

거실에서 텔레비전 소리가 들렸다. 나는 헛기침을 해 목을 푼 다음 말했다.

"안녕하세요. 저 상담받으러 온 사람입니다."

"음, 시간을 딱 맞춰서 왔구먼. 자네 로봇인가? 늦게 와도 될 텐데. 보자…… 40분짜리 상담이군."

노인은 얼굴을 드러내지 않고 말을 했다. 따뜻한 텔레비전 앞

에서 떠나기 싫은 모양이었다. 하는 수 없이 내가 소리가 나는 곳까지 가 그의 앞에 앉았다.

"딱히 대접할 차는 없어."

그는 나를 아는 척하지 않았다. 이 노인은 오늘 아침 9시 5분부터 9시 40분까지 내게 상담을 받은 노인이었다. 재미도 없는 「지구로의 귀환」이란 드라마를 시끄럽게 떠들던 그 노인.

나는 그에게 요즘 잠을 너무 많이 자서, 그리고 여자 친구가 세 명이나 있는데 어떻게 정리해야 할지 모르겠다는 것을 상담했다. 정확한 질문에 100% 부질없는 답변이 나오지만 거짓된 질문엔 가끔 제대로 된 대답을 얻을 때도 있었다.

그저 그런 시간을 보내고 터벅터벅 집으로 돌아온 나는, 터벅터벅 침대로 걸어가 누웠다. 불면의 밤은 다시 유장하게 흘러가기 시작했다. 침대 바깥에서의 시간은 쉼표일 뿐이라는 듯이 불면은 이 세계만큼이나 거대한 자신의 몸집을 천천히 흔들며 위에서 나를 내려다보고 있었다.

그때였다.

"텔레 상담사로부터 전화가 왔습니다. 받으시겠습니까?"

눈물 한 방울이 핑 돌았다. 빅데이터 분석으로 시장에서 팔릴 상품을 미리 알게 되고, 사야 할 상품을 정확히 알게 된 다음부터 텔레마케터를 포함한 모든 마케팅 직군은 멸종했다. 그들의 고운 목소리와 나긋나긋한 친절이 사라진 지 10년 정도가 됐을 때 일본의 모 회사에서 '텔레 상담사'라는 서비스를 시작했다. 예전의 그들을 다시 고용해 어떤 얘기도 들어 주고 어떤 얘기도 해주는(때로는 신음소리도) 비즈니스를 시작한 것이다. 그리고 그들의 방식은 아주 마케팅적이었다. 그들은 고객이 찾아오는 것을 거부하고 그들이 먼저 무작위로 전화를 건다. 뻔한 상담에 지친 사람들은 그것이 유료란 걸 알아도 그 전화를 기다린다. 5년 동안 한 번도 전화를 받지 못한 사람도, 하루에 세 번 전화를 받은 사람도 모두 화제가 되었다.

나는 전화기를 보며 말했다.

"물론, 받는다. 내 전화기야."

홍대 트리볼가 바에서

어제는 목요일. 어느 정도 잠을 자긴 했지만 화요일과 수요일에 거의 철야에 가까운 작업을 해서인지 정신이 몽롱했다. 홍대에 몰려 있는 젊은이들의 열기, 열기에서 나오는 소음, 즐거움과 방탕의 경계에 서 있는, 하지만 자연스러운 눈빛들 그리고 지하 클럽에서 나오는 시끄러운 음악 소리. 서로 다른 소리를 내는 손톱만큼 작은 스피커들이 허공을 궤적 없이 돌아다니는 것 같았다. 그래도 선잠에 가까운 몽롱한 상태에서 바라본 주위의 풍경은 오히려 내 기분을 좋게 했다. 금요일 초저녁, 친구들과 나는 유명한 홍대의 트리볼가 바로 들어갔다.

친구의 말로는 서울에서 가장 자유롭고 편한 바라고 했다. 2층에 위치한 바는 창문이 활짝 열려 있었고 홀은 무척이나 넓었다. 중앙에는 위스키나 맥주, 칵테일을 주문할 수 있는 곳이 있고 사면의 구석에는 가볍게 춤출 수 있는 작은 스테이지가 있었다. 우리는 건너편에 독립영화관이 보이는 창가 근처 테이블에 앉아 각자 술을 주문했다. 내가 두 번째 맥주의 마개를 열었을 때, 승재가 말했다.

"석훈, 민수야. 우리 '트래블러(Traveler)' 사용할까? 이 트리볼가 바에서는 요즘 그렇게 해서 여자 만난다고 하더라고."

'트래블러' 앱은 '인터넷에서 자신의 데이터를 삭제할 수 있는 권리'에 관한 운동이 일어나면서 만들어진 것이다. 이 운동이 글로벌 인터넷 기업들에게 위협이 되었던 것은, 개인의 데이터를 원클릭으로 삭제할 수 있게 되면 누구나 그렇게 할 것이고 그 요청은 기하급수적으로 늘어날 수 있었기 때문이었다. 스마트폰 같은 하드웨어를 거의 공짜로 주고 대신 빅데이터를 확보해 여러 서비스를 하고 있는 기업의 입장으로서는 그 운동 자체가 사운이 걸린 일이었던 것이다. 처음엔 삭제 요청을 오프라인으로만 가능하게 하고 1년 이내에 복구할 수 있게 만드는 등 온갖 꼼수를 부리기도 했다. 하지만 애초에 명분 싸움에서 지고 있었고 데이터센터 테러 위협도 가해지는 가운데 유럽의 한 지도자가 선도적으로 개인의 권리에 손을 들어 주는 바람에 그 운동은 시민의 승리로 끝이 났다.

이 결말 직후에 기다렸다는 듯이 '트래블러'란 서비스가 등장했다. '트래블러' 세계 단일화폐 체계가 되면서 거대한 부를 축적한 러시아의 니콜라이 고골이란 사람이 설립한 비영리 단체 '난 네 것이 아니야!'에서 만든 것이다. '트래블러'는 인터넷에 축적된 개인 데이터를 완전히 말소하기 전에 저장을 원한다면 그 전체 데이터를 다른 데이터센터에 저장시켜 주었다. 기존 기업들과 똑같은 것 아니냐고 물을 수 있겠지만, 고골은 절대 영리를 추구하지 않겠다고 선언했고 이용자의 51%가 영리 목적으로 운영했다고 투표한다면 그 데이터센터를 미사일을 발사해 폭격할 수 있다고 천명했다. 이용자라면 누구나 투표를 할 수 있고 언제든 선택을 바꿀 수 있다. 게다가 데이터센터는 지구에 있는 것이 아니라 우주에 있다. 태양열로 데이터센터에 필요한 엄청난 에너지를 수급하고 있으며 현재까지 두 채가 발사되었다. 통신위성을 대체할 수 있는 수십 대의 드론이 하늘을 돌아다니며 무선으로 사람들이 보내는 데이터를 받고, 다시 우주의 데이터센터로 보내는 방식이다. 단체에서 직접 만든 미사일 기지는 이용자들의 동향에 민감하게 반응하며 늘 우주의 데이터센터를 따라다니고 있다.

사람들이 '트래블러'를 이용하는 방법은 간단하다. '지금까지 누적된 데이터를 전체 삭제하시겠습니까?'란 물음 아래에 있는 '트래블러에 저장하기' 버튼을 누르기만 하면 된다. 물론 인터넷에서든 '트래블러'에서든 세부적으로 기간별, 유형별 삭제와 저장이 가능하다.

마지막 여자 친구와 헤어진 후 지난 2년 동안 이성에 대한 관심은 완전히 전원 OFF 하고 살았다. 하지만 오늘은 왠지 저녁

바람도 견딜 만하게 서늘하고 머릿속의 몽롱함이 세상을 달콤하게 보이게도 하니, 여행자를 뜻하는 '트래블러' 앱을 한번 써보고 싶었다. 거대한 비밀을 간직한 이 녀석이 새로운 인연을 만나게 해주지 않을까? '트래블러'는 기본적으로 지구에서 완전 삭제된 데이터를 우주에 저장한다는 것이지만, 오픈 소스로 공개됐기 때문에 그 이후로 많은 부가적인 기능들이 붙었다. 가장 유용하게 쓰이는 쪽은 역시 데이팅 분야였다.

우리는 동시에 '트래블러'를 실행하고 '과거 열람, 공유, 공유 정도 30%'에 체크했다. 잠시 뒤, 승재가 잠깐 채팅을 하더니 내 등 뒤의 왼쪽 구석 스테이지 근처에서 놀고 있던 세 명의 여자를 데리고 왔다. 우리는 애초에 여섯 명이 앉을 수 있는 테이블에 비용을 지불하고 앉아 있었기 때문에 여자들은 무리 없이 우리 테이블에 앉았다. 이와 같은 배석의 모습은 정말 50년 전과도 다를 바가 없다.

내 앞에 앉은 여자는 웃음이 많지 않은 것 같았다.

"이름은 어떻게 되세요?"

"김민정이에요."

우리는 지난 3년에 대한 기록을 30% 수준에서 공유했기 때문에 이미 본명 정도는 서로 알고 있었다. 그래도 마주앉은 이성은 일단 대화를 해야 하고, 먼저 내가 앞의 이성에게 호감을 느낄 수 있는지 탐색해야 한다. 우리는 가볍게 몇 마디를 더 주고받은 후,

다시 전체 대화 속으로 들어갔고 그 와중에 스마트폰을 만지작거리며 서로의 과거를 탐색했다. 우리는 70%의 정보가 제한된 상태이긴 했지만 지난 3년간 서로가 찍은 사진들, 출퇴근의 일상 경로 그리고 여행지를 포함한 예외적인 장소, 관람한 영화와 공연, 주변 친구들까지 확인했다.

나는 김민정이란 여자에게 물었다.

"오늘은 가볍게 그냥 놀러 오신 거죠? 당신이 곧 자신의 여자 친구가 될 것 같다고 생각하는 분도 두 분 정도 계신 것 같은데? 한 명은 부산에, 한 명은 대전에. 그런데 왜 하필 타지 분들하고만?"

"아직 확실한 남자 친구는 없어요. 그리고…… 이건 말하기 좀 그럴 수 있지만, 그래도 전 그쪽에게 어느 정도 호감이 있기 때문에 그냥 물어볼게요. 2년 전쯤…… 석훈 씨 여자 친구가 교통사고로 죽은 게 맞나요?"

나는 고개를 끄덕였다. 그리고 다시 고개를 들어 김민정을 쳐다봤다. 조금 졸음이 왔다. 그녀는 핑크 빛깔의 립스틱을 바르고 있었고 그것은 창백한 뺨과 대조돼 도드라져 보였다. 그녀의 곱슬곱슬한 머리카락 끝이 그녀의 뺨에 닿았다 떨어졌다. 그녀는 맥주를 한 모금 마시고 다시 내 눈을 쳐다봤다. 나는 그녀의 입을 쳐다봤고 그녀의 입 사이로 양떼들이 지나가는 것을 보았다.

나는 이미 졸고 있었다.

어느 기일에

"여보, 손톱깎이 어디 있지?"

"베란다에 있을 거예요."

명호 씨는 예전에 베란다에서 손톱깎이를 찾았던 기억을 어렴풋이 떠올렸다. 그런데 어쩐 일인지 명호 씨는 집안의 소소한 일까지 잘 아는 아내의 말을 듣지 않고 뜬금없이 양말 서랍을 열었다. 그 안에서 번쩍이고 있는 것은 손톱깎이였다. 예전에 아내가 매니큐어를 바르다가 묻힌 은빛 매니큐어 자국이 여전히 묻어 있었다. 명호 씨는 길어져 버린 손톱을 깎으면서 다시 아내를 불렀다.

"여보, 이거 늙어서 주책인지 요즘 왜 이렇게 아이스크림콘이 먹고 싶은지 모르겠어. 냉장고에 있는가?"

명호 씨는 불필요하게 느껴지는 말을 덧붙이기 위해 쉬지 않고 말했다.

"냉동실 문을 열어서 우리가 늘 쓰던 박스에 아이스크림콘이 담겨 있는지 봐주지 않겠어? 콘이 아닌 다른 거라도 상관없고. 다만 얼음은 제외야."

잠시 뒤 냉동실 문 여는 소리가 들렸다. 그리고 답이 들려왔다.

"아이스크림이 없어요. 제가 내일 사놓을게요."

"허허, 지금 꼭 먹고 싶은데. 알았네. 내 손톱 다 깎으면 당신이 잘 먹는 과자까지 같이 사 오겠네."

"늦은 밤에 아이처럼 웬 아이스크림 타령이에요. 편히 쉬고 계세요. 오늘도 늙은 몸 이끌고 일하느라 피곤했을 텐데, 제가 어서 갔다 올게요."

문이 열리고 닫히는 소리가 들렸다. 명호 씨의 아내는 아이스크림을 사러 나간 모양이었다. 손톱을 다 깎은 명호 씨는 바닥의 잘린 손톱을 쓸었다.

"손톱과 추억은 계속 자라니까, 이렇게 잘 잘라 줘야 돼. 그게 덜 아픈 길이야."

명호 씨는 벽에 걸린 시계를 보고서 어두워진 창밖을 일별했다.

그리고 큰 상을 펼치고 상 아래에 붙어 있는 전원 버튼을 눌렀다. 상 군데군데에서 작은 디스플레이들이 반짝이며 '준비한 제수 음식을 알려 주세요'란 문구를 드러냈다. 명호 씨는 제사상과 연동된 스마트폰으로 들어가 해당 앱을 실행시킨 다음 '명태 전, 산적, 사과, 배, 감' 등을 고르고 '항목에 없는 음식'이란 탭을 눌러 '아이스크림'을 입력했다. 그러자 '해당 음식은 사전에 입력된 정보가 없습니다. 고인이 좋아하는 음식이라면 상의 맨 앞줄 가운데 두셔도 무방합니다'란 문구가 표시됐다. 제사상 군데군데에 설치된 작은 디스플레이들은 명호 씨가 입력한 음식의 배열을 나타내고 있었다. 명호 씨는 두 번째 줄 셋째 칸에 명태 전을 먼저 놓았고 나머지 제수 음식들도 제사상이 시키는 대로 놓았다. 아이스크림은 앞줄 맨 중앙에 놓았다.

명호 씨는 술까지 따라 놓은 다음 상 앞에 털썩 주저앉았다. 캄캄해진 방에 상 양쪽에 놓인 촛불만이 일렁이고 있었다.

아이스크림이 막 녹기 시작할 때쯤에야 명호 씨가 입을 열었다.

"여보."

"네."

상냥한 목소리로 명호 씨의 부인이 답했다.

"당신은 이곳에 없는데도 어찌 말을 한단 말이오. 내 잘못이오."

명호 씨는 몇 분을, 주름진 손바닥에 더 주름진 얼굴을 묻고 흐느껴 울었다. 손의 주름과 얼굴의 주름은 서로를 까칠하게 비비며 아프게 했다.

"당신이 폐암에 걸리고 내가 쩔쩔매고 있을 때 박사들이 내게 와서 말했소. 노인인 내가 부인이 죽으면 어떻게 살겠냐고. 작지만 매달 생활비를 보내 주고 당신과 영원히 함께 살게 해줄 테니, 자기들의 실험에 동참하지 않겠냐고. 그래서 그러겠노라 했지.

당신이 기억할진 모르지만 그 후 우리 집엔 카메라와 센서가

붙었소. 그것들은 당신이 죽을 때까지 한 모든 말과 행동들을 기록했지. 그리고 그 기억을 박사들이 가져갔다오.

그들은 당신이 죽은 후에 내게 당신과 똑같은 존재를 보내 주겠다고 했소. 그래……, 보내 주었지. 하지만 그건 당신이 아니야. 아이스크림을 먹고 싶다고 말하려면 항상 구구절절 설명해 주듯 말해야 하고 농담을 하면 알아듣지도 못하는데!

여보, 당신은 그렇게 내가 장난치는 걸 좋아했지. 헌데 이제 나는 아무런 농담도 할 수 없다오. 당신이 못 알아들을까 봐 말이오."

제사상 위의 아이스크림은 진작 다 녹았고 촛농이 촛대만큼 쌓였다. 명호 씨는 텔레비전 뒤에 숨어 있는 '기억장치'를 꺼냈다. 그리고 아무 말 없이 망치로 아내의 말과 행동, 기억이 담긴 장치를 내려쳤다. 그 장치에는 아내의 껍데기는 있을지언정 아내의 농담, 숨결, 추억 그리고 사랑이 담겨 있지는 않았으니까.

한 인간을 생물학적으로 복제하는 것은 차라리 쉬웠다. 하지만 사람으로 하여금 누군가를 기억하게 하는 습관을 복제하는 것은 거의 불가능에 가까웠다. 수많은 우연적 요소들 때문에, 시작은 같아도 끝은 다른 무수한 역사적 사실들처럼 말이다.

철학자의 비서

나정은 거울을 보며 머리카락을 매만졌다. 정숙하면서도 어린 티가 나야 했고, 그러면서도 은근하게 여성적인 매력을 풍겨야 했다. 커피를 끓여 놓아야겠다는 생각에 고개를 돌리는 순간, 어깨까지 닿는 머리카락 끝이 눈에 들어왔다. 나정은 다시 책상 앞에 놓인 거울을 쳐다봤다. 40~50년 전에 유행했던 스타일대로 머리를 자르고, 스물한 살이 된 지금까지 줄곧 그녀의 자랑거리였던 적당한 굵기의 직모를 포기하고 파마까지 했다.

나정은 우연히 자신이 모시고 있는 부사장이 마츠다 세이코를 좋아했다는 말을 듣고 바로 스타일을 바꾸었다. 전두환 정권 시절에 뛰어난 엔지니어로 일본에서 일했던 할아버지의 말로는 마츠다 세이코는 당대 가장 유명한 아이돌 여자 가수였다고 한다. 나정도 동영상 사이트에서 찾아보긴 했지만 그녀의 눈엔 그저 기가 막히게 촌스러울 뿐이었다. 그래도 어쩔 수 없었다. 많은 것을 배울 수 있는 이 자리를 잃을 수 없었다.

문이 벌컥 열리며 부사장이 나정에게 가볍게 고개를 끄덕이고 집무실로 들어갔다. 나정은 시계를 쳐다보며 5분이 지나가기를 기다렸다. 지난 3개월 동안 부사장을 모셔 본 결과, 출근 후 5분 뒤에 차를 가지고 들어가면 부사장과 잠깐이나마 대화할 수 있는 경우가 많았다. 시계만 쳐다보던 나정은 정확히 2분이 지난 뒤 커피를 끓이기 시작했다.

나정은 향긋하게 탄 커피를 부사장 책상에 올려놓았다. 나정이 커피를 놓고도 가만히 서 있자 부사장은 눈치를 채고 나정에게 자리를 권했다. 회사에서 그의 직함은 '철학자'였다. 우리가 흔히 아는 그 철학자가 맞다. 10년 전에 전문직으로 분류됐던 사람들이 10년 전부터 서서히 회사를 떠나다, 결국엔 완전히 떠났다. 약한 인공지능이나 학습 알고리즘으로 충분히 대체할 수 있을 뿐 아니라 컴퓨터가 더 뛰어난 퍼포먼스를 낼 수 있는 회계나 법무 관련 업무들이 특히 그랬다. 철학자가 새로운 전문직으로 대두되긴 했으나, 아직은 세계를 장악하고 있는 몇 기업들에서만 고위직으로 데려오는 단계였다.

"오늘은 반(反) 인공지능에 대한 얘기가 있었어. 알겠지만, 우리 회사는 인공지능에 대한 기술이 상대적으로 뒤처졌어. 인공지능 기술 격차는 예전 제조업보다 시간이란 변수가 더 크게 작용을 하지. 오늘 공식 회의에는 국제협회, 글로벌 인권 단체, 정부, 그리고 관련 비즈니스 사람들이 전부 모였어. 여기에서 경쟁 회사가 제안한 것이 뭔지 알아맞혀 보겠나?"

나정은 고개를 가로저었다. 그녀의 머릿속엔 오직 자신이 머리를 잠깐 가로젓는 중에도 아주 미세하지만 예전 마츠다 세이코가 머리를 가로저었던 때의 그 청초하고 섬세한 느낌이 나는지 부사장이 알아봐 주길 바라는 것뿐이었다.

부사장은 커피를 한 모금을 마신 다음 창밖으로 눈길을 던졌다. 유리창엔 아주 옛날식이지만 나름 기하학적인 무늬를 그린 가벼운 나무틀이 덧대어 있었다. 비바람에 쉽게 깨지는 것을 방지하는 목적이었겠으나 실은 부사장의 고전적 취향을 고려해 회사가 바꿔 준 것이다.

나정은 부사장 뒤쪽으로 가서 그의 어깨에 손을 얹고 주무르기 시작했다. 나정도 부사장이 운이 좋은 사람이란 것을 알고 있었다. 그는 평생을 대학 강단의 철학자로 살았다. 인공

지능의 산물들이 본격적으로 일상에 침투하기 전부터 그런 인문학류의 학과들은 거의 사라진 상황이었다. 그래도 유물과 다름없는 극소수의 학자등은 생존을 하고 있었고 그런 와중에 부사장으로 발탁된 것이다.

철학자의 발탁은 인간의 주관적 판단 안에, 인공지능의 객관적인 척하는 주관적 판단을 여전히 귀속시킬 필요가 있었기에 가능했다. 기업에서 철학자는 쉽게는 사회적 규제를 만드는 것에서부터, 어렵게는 인공지능에 새로운 판단적 기능을 넣기 위해서 설득해야 하는 '인공지능 규제협회' 위원들에게 철학적 논리와 거의 문학적인 스토리텔링을 풀어내는 일을 했다. 이 같은 직업이 인공지능의 판단 안에 인간의 판단력이 귀속되기 전까지는 필요할 것이다.

"그 회사에서 만들고 있는 인공지능은 '자원의 효율적 배분화'에 관한 거야. 그 회사의 논리는 지구 차원에서 자원의 효율적 사용을 위해서 지구의 모든 데이터를 수집하고 분석해야 한다는 거야. 물론 그를 위해서는 전 세계의 자원의 흐름을 알아야 하는데 그 회사가 수도관, 송유권, 농작물과 농약 배송 트럭 등에 자사가 무료로 공급하는 센서만 부착하면 이게 가능하다고 했지. 그 회사의 숨은 목표, 그러니까 진짜 목표는 전 세계 자원의 흐름을 알기 위해 센서 부착을 하는 것까지야."

부사장은 잠시 말을 멈추고 왼쪽 어깨를 들썩이며 얼굴을 찡

그렸다. 그쪽이 아프다는 의미이고 그 부분을 더 주물러 달라는 뜻이다. 나정은 안마 로봇의 자세를 따라 하며 안마하는 법을 배웠다. 최근엔 이런 말이 유행이었다. '낡아질수록 너는 새로운 것을 얻을 것이다.' 여기에는 두 가지 의미가 있다. 하나는 지금 높은 자리에 있는 사람은 낡은 문화에 익숙한 사람이니 그의 습관을 유지해 줘야 나의 자리도 보장된다는 것이다. 또 하나는 낡은 방식처럼 보이지만 기초적이고 본질적인 부분부터 공부하지 않으면, 좋은 일자리를 얻지 못하는 것이다.

나정은 사장의 왼쪽 어깨에 요즘 들어 가장 관리에 신경 쓰고 있는 예쁜 손을 올리고 마츠다 세이코의 '여름의 문'이란 곡을 콧노래로 흥얼거렸다. 무의식적으로 나온다는 듯이.

"사실 우리 회사의 '효율적 배분'에 관한 알고리즘은 그들만큼 섬세하지도 깊지도 않아. 알고리즘이란 깊이 들어갈수록 아주 섬세하게 다루어져야 하는 것이니까. 차라리 거칠게 두세 가지의 변수로 알고리즘을 만드는 것이 더 정확할 때도 있지. 하지만 기업 입장에서 진짜 노하우는 정확한 알고리즘을 만드는 것이 아니라 자사의 이익에 유리한 방향으로 알고리즘을 설계하는 거야.

그래서 나의 논리는 이것이었어. 당신들의 주장은 매우 이상적인 동시에 현실적이라 충분히 추진할 수 있다. 하지만 그것이 무엇이든 모든 것을 홀로 관장하게 되면 매우 위험할 수도 있다. 그래서 우리 회사가 당신들의 인공지능의 판단에 반대할 수 있는 반(反) 인공지능을 만들겠다. 그리고 우리가 힘을 합쳐 인간이 두 개의 인공지능 체계를 통제할 수 있도록 구조를 설계하자."

나정은 안마를 끝내고 손을 미끄러지듯이 빼며 그의 등을 건드렸다.

"음, 등도 아프군."

나정은 부사장의 등을 부드럽게 쓸어 주며 말했다.

"등 쪽은 침대에 누워서 안마를 해야 해요. 아니면 다칠 수 있거든요. 제가 침대 주문을 해놔야겠어요."

"그런 건 알아서 하시게. 어쨌든 우리 쪽에서 그런 대응을 준비한 것은 우리보다 나은 그들의 기술력을 모방하기 위해서지."

부사장은 말을 마치고 아주 잠깐 졸았다가 순간 번쩍 깨며 뒤를 돌아보았다. 눈의 초점은 십 초 후에나 완전히 돌아왔는데, 부사장은 마주친 나정의 눈빛이 어딘가 인간 같지가 않았다. 의안 같기도 하고 잘 만들어진 로봇 인형의 눈 같기도 했다. 하지만 그녀는 분명 인간이 맞았다. 부사장도 그녀의 마음이 어떻게 흐르고 있는지에 대해 여러 가지 추정하고 있었고 실제 그 추정들은 대략 맞았다. 하지만 결국은 아무 상관없었다. 그가 원하는 것은, 나정이 자신이 편하고 좋아하는 방식대로 비위를 맞춰 주는 것뿐이었다.

굶주린 타자기

내가 이 건물의 지하 주차장 경비실 직원으로 들어온 계기는 건물 주인인 대학 동기의 따뜻한 배려 덕분이었다. 자동 주차가 보편화된 지 오래이기 때문에 주차와 관련해서 사람이 할 일은 거의 없어졌다. 그래서 대신 입주민 심부름을 대행해 주는 것이 내 업무량의 95%를 차지한다. 이곳은 경제력으로 우리나라에서 1% 안에 드는 사람들이 사는 곳이라 이곳의 사람들은 원래도 일상의 자질구레한 것들을 대부분 대행 서비스로 해결하고는 했다. 아직 국내에서 출시되지 않은 외제 기저귀를 최대한 빨리 구매해 달라는 것부터 가격 상관없이 기저귀의 성분을 분석해 주는 업체를 찾아 달라는 것까지 요구는 다양하다. 물론 어려운 일 같은 경우에는 별도의 팁도 준다.

내 친구는 이곳에서 나의 생활을 반년 정도 관찰하더니, 얼마 전 내게 새로운 비즈니스를 시작해 보는 게 어떻겠냐고 물어 왔다. 솔직히 할 일 없는 인간에게 일자리를 억지로 준다는 의미밖

101,201/$5
P
GUA

에 없는 경비원이란 직업 대신 건물 전용 심부름꾼이 되어 보라는 것이었다. 친구 말에 따르면 이 비즈니스는 기존의 많은 생활밀착형 IT서비스를 보다 인간적이고 종합적으로 탈바꿈하는 데 목표가 있다고 했다. 그리고 이런 심부름꾼은 나처럼 고학력에 똑똑하고 말도 잘하고 글도 잘 쓰는 사람이어야 한다고 했다. 나는 고개를 끄덕이고 말았다. 친구가 곧 사람을 한 명 더 뽑을 예정이라고 하니 다소 빡빡한 업무량도 조만간 해소될 것 같다.

하지만 사람이 충원되지 않는다고 해도 나로서는 이곳에서 일할 수 있다는 자체가 매우 감사할 따름이다. 예전과 달리 사회에서는 더 이상 일반 사무직 그러니까 중간 관리, 기획, 시장 조사 업무, 홍보, 마케팅에 관한 직무를 수행할 사람을 뽑지 않는다. 데이터를 모으고 분석하는 것만으로 그런 직무는 모두 대체되었으니까. 또한 어릴 때부터 프로그래밍과 알고리즘을 배운 사람들이 더 창조적이고 기획력도 뛰어났다.

새벽 3시, 나는 팔짱을 낀 채 고개를 뒤로 젖히고 있었다. 내 앞에는 10분의 1 정도 쓴 소설이 담긴 타자기 컴퓨터가 놓여 있었다. 이 타자기는 나의 유일한 소유물이었다. 타자기는 나만의 독창적이고 흥미로운 문장을 기다리고 있다는 듯 반듯한 몸집을 하고 있었다.

거의 잠에 빠질 무렵, 문득 한 문장이 머리를 스치고 지나갔다. 손가락이 이를 놓치지 않으려는 듯 빠르게 움직였다.

미라는 하얀 밴드를 벗고, 노란 밴드를 머리에 썼다.

곧 타자기의 빨간 램프에 불이 켜지며 디스플레이에 '100,201건 / 5달러'란 글자가 깜빡였다.

공학박사인 아버지는 어릴 적부터 나의 글 쓰는 취미를 달가워하지 않으셨다. 자라서 직업으로 삼겠다고 했을 때는 부자의 인연을 끊겠다 하셨고, 본인의 제자 중 한 명을 양자로 들이겠다는 선언까지 했다. 결국 나는 절로 들어가 버렸다.

어릴 적부터 20년 가까이 아무리 생각해 봐도, 글이 사회의 실질 생산에 기여하지 않는 부산물인 것은 맞지만 인간의 삶 역시 관념이 뒤섞인 욕망의 부산물임을 부인할 수 없었다. 미약한 내가 할 수 있는 일이란 부산물을 부산물로 표현하는 것뿐이었다. 물론 아버지처럼 사회에 변화의 가능성을 한 방울 떨어뜨린 후 어떻게 변하는지 관찰하며 기다릴 능력과 배짱이 없었던 탓도 있었다. 지난 20년의 세월은 그 사실을 재확인하는 고통의 시간이기도 했다.

'예술가는 먹고살기 힘들다'는 언뜻 편견 같지만 사실은 정답인 명제 외에도 아버지가 나의 글쓰기를 반대하는 이유는 또 있었다. 아버지는 창작이란 것은 재능이 있는 사람의 전유물이 되어야 한다고 생각했다. 아버지의 더 솔직한 생각은 소설가처럼 무익한 존재가 자신이 힘들게 일한 결과로 나오는 빵을 나눠 먹는 게 싫다는 것이었다. 한마디로 아버지는 소설가들을 거부했다. 무언가 받아들이길 거부하는 사람은 그 안에 대단한 무의식적 분노가 있는 것이다. 그래서 간혹 일을 저질러 버리는 경우가 있다.

데이터 과학자이자 엔지니어였던 아버지는 작가가 정말 먹고 살 수 없도록 하기 위해, 더 나아가 작가란 존재를 말소시키기 위해 20년에 걸친 프로젝트를 시행했다.

이 프로젝트를 들어 본 사람이라면 '이게 되겠어?' 하며 아마 믿을 수 없었을 것이다. 결과물 없이 프로젝트가 기획 단계에만 머무르고 있었을 땐 실제로 과대망상증이라고 치부당했고, 진행되는 동안에도 '과연 그것이 가능할까?'란 끝없는 의심을 받았다.

프로젝트의 첫 시작은 출판사 영업이었다. 이미 당시에 굴지의 IT기업이 '글로벌 디지털 도서관'이란 것을 기치로 내걸고 전 세계의 도서물을 스캔해 저장하고 있었지만, 아버지의 비즈니스는 조금 색달랐다. 그때까지만 해도 책은 신성시되었고 '책 한 권'이 가지는 가치란 매우 컸다. 그러니까 우리가 흔히 자료 조사 같은 걸 할 때처럼 책의 일부분만을 발췌해서 보거나 팔면 안 된다는 금기 같은 것이 있었다. 특히 문학 작품이 더욱 그랬다. 아버지는 아직 저작권이 남아 있는 소설, 시나리오, 희곡, 시를 판매하지 않는 대신 빅데이터 분석용으로 쓰겠다는 계약 조건 아래 상대적으로 저렴하게 저작권을 사들이기 시작했다. 이때 우리 집 가산의 대부분이 탕진됐다. 아버지는 이 작업을 한국에서 시작해 일본과 중국까지 완료했고 여기까지만 무려 7년이란 세월이 걸렸다.

그다음 아버지는 도서 판매량과 사람들의 평가에 관한 데이터베이스를 구축하고 알고리즘을 짰다. 그리고 그 위에 책의 요소를 분석하는 핵심 알고리즘을 완성해 올렸다. 내가 방금 타자기에서 본 '100,201건 / 5달러'란 문장이 바로 이 프로그램에 의해 나온 결과였다. 앞뒤 문맥까지 고려했을 때 '미라는 하얀 밴드를 벗고, 노란 밴드를 머리에 썼다'란 문장과 비슷한 문장이 그간의 책에 100,201건 있었고 이 책이 완성됐을 때 최종적으로 벌어들일 수 있는 작가의 수익이 5달러란 뜻이었다. 이 타자기는 아버지가 완성한 소프트웨어에 타이핑 기능을 더해 껍데기를 씌운 것이었다.

'미라는 하얀 밴드를 벗고, 노란 밴드를 머리에 썼다'란 문장을 쓰고서 나는 거의 한 시간가량 타자기의 자판을 뚫어져라 쳐다봤지만 더 이상 아무것도 떠오르지 않았다. 하늘 아래 새로운 것은 없듯, 이 타자기로 할 수 있는 새로운 일이 과연 있을까를 생각하는데 문득 전화벨이 울렸다.

"네, 바로 가서 닦아 내고 세정제 및 탈취제도 뿌리겠습니다."

F구역의 엘리베이터 앞에 누가 구토를 해놓은 모양이다. 새벽

4시였다. 여기 입주민들은 나 하나 덕에 비싼 시스템을 들여 서로를 감시하거나 비난할 필요가 없어졌다. 그냥 나한테 전화만 하면 많은 것이 해결되기 때문이다.

토사물을 치우다가 한숨이 나왔다. 직업의 문제가 아니다. 이렇게 항상 업무가 발생하는 일을 할 수 있는 사람도 우리나라에서 상위 10%밖에 안 된다. 한숨을 쉰 것은, 아버지의 운명이 문득 떠올랐기 때문이다.

아버지가 20년 동안 몰입해 드디어 완성해 낸 저 타자기는 지금껏 단 한 대도 팔리지 않았다. 알고리즘에 특허 소송이 걸렸기 때문이다. 아버지가 내게 남긴 전 재산 또는 비극은 저 굶주린 타자기 한 대뿐이다. 타자기와 나의 씨름은 내일도 계속될 것이다.

퍼센트

텅 빈 재판장, 희한한 말이지만 고요가 파도처럼 몰려왔다가 적막을 두고 사라지더니, 다시 고요가 몰려왔다.

'이런 것을 두고 고요와 적막이라고 부르는 걸까?'

안 쓴 지 오래된 판사봉은 잉크가 다 떨어진 볼펜처럼 느껴졌다. 판결이란 것은 바위처럼 미동도 없이 우뚝 서 있다가 마지막 순간에만 딱 한 번 가볍게 몸을 떠는 것이다. 함부로 움직이지 않는다는 게 판결의 대원칙이었다.

3년 동안 대법원 판결을 내리지 못하고 끌어왔던 사건이 있었다. 무려 약 100년 전의 단어 하나 때문에 벌어진 갈등이었다. 한국의 국민들은 '상해임시정부'란 단어를 두고 양쪽으로 갈라졌다. 상해임시정부란 개념이 조작됐다는 게 한 축이고, 다른 축은 누군가 나쁜 의도를 갖고 실재했던 상해임시정부에 대한 기록을 지우고 있다는 것이었다. 그러니까 핵심 문제는 '상해임시정부란 조직이 실제로 존재했는가?'였고 재판상의 문제는 원고의 주장대로 '누군가 그 기록과 기억을 의도적으로 삭제하고 있는가?'였다.

상해임시정부 관련자의 후손들뿐 아니라 독립운동가의 후손들도 거의 명맥이 끊겨 남아 있지 않았다. 모든 문서가 디지털화된 세상에서 의혹을 제기하는 쪽이 오래된 책이나 자료를 들고 나오면 반대하는 쪽은 그것이 모두 조작된 것이라 치부했다. 그게 진짜라면 왜 그에 대응하는 디지털 자료는 없는지 반문하면 그만이었다.

반대하는 쪽의 논리는 그 자체론 맞는 이야기였다. 인류의 유산인 모든 자료를 디지털화해서 전 인류에게 공유한다는 의식은

이제 인간의 기본권이나 자본주의, 자유주의만큼 당연한 것이었다. 그것이 너무 공고하다 보니 디지털 쪽에 상응하는 자료가 없는 종이 자료는 오히려 그것이 위조되었다고 평가받는 게 당연시됐다.

디지털 자료를 한참 뒤지니 상해임시정부에 관한 데이터가 조금씩 나오긴 했지만, 모두가 어디에서 인용했거나 글쓴이의 소감을 밝힌 정도였다. 원문을 확인할 수 있는 것은 하나도 없었고 그나마 광복군이란 집단을 소재로 쓴 소설이 몇 권 있었다. 하지만 그것들은 어디까지나 허구 기반의 창작물일 뿐이었다. 또한 당시 조선이 일본과 러시아 등의 막강한 제국주의 국가들 틈바구니에서 제대로 된 무기 하나 없이 무장저항을 했다는 것이, 더구나 같이 침략을 당하긴 했지만 그래도 오랜 역사적 숙적이던 중국의 땅에 임시정부를 수립했다는 것이 논리적으로 말이 되지 않았다.

이제는 곧 판결을 내려야 할 때이다. 나는 텅 빈 재판장에서 노트북을 열었다. 이제 재판장은 특별한 행사가 아니면 굳이 쓰지 않는다. 다른 재판관들은 이미 '퍼센트'를 입력했을 것이다. 이 사건의 대법관인 나만이 다른 4명의 재판관이 몇 퍼센트를 입력했는지 볼 수 있다. 퍼센트는 서로에게도 비밀이고 사건 당사자들, 언론기관과 국민들에게도 법적으로 말할 수 없게 되어 있다.

퍼센트는 판결에 여론을 반영할 비중을 정하는 것을 말한다.

예전에는 소송이 전문적인 영역이어서 보통 사람들은 소장 하나도 제대로 쓰지 못했다. 하지만 이제는 소송을 걸고자 하는 사람이나 소송을 당한 사람 모두 아주 쉽게 소장을 제출하고 각자를 변호할 수 있다. 자신의 상황을 프로그램이 정한 양식에 따라 입력만 잘하면 관련 모든 법률과 판례를 아주 쉽게 풀어 줄 뿐 아니라 핵심 쟁점 분석과 대응한 주요 논리들을 일목요연하게 정리해 주고 승소 가능성도 수치로 보여 준다. 이제 통상의 민사소송에서는 변호사를 고용하는 것보다 이 프로그램을 쓰는 일이 훨씬 많다. 변호사와 프로그램의 대결에서, 더 방대한 판례와 법률을 분석하고 정연한 논리를 만들어 주는 프로그램의 승소율이 더 높았기 때문이다.

하지만 이 프로그램이 보편화되면서 어제까지의 논리가 오늘과 미래의 논리가 될 수 있다는 위험 때문에, 즉 예외적이고 돌발적인 사건이나 예전에는 없었던 사건의 판결에 대해서는 제대로 된 판단을 내릴 수 없기 때문에 모든 민사 재판에 여론을 반영해야 한다는 의견이 나왔다. 전 국민의 배심원화였다. 전 국민은 한 달에 기본적으로 4개의 사건에 대해 의견을 내야 했다. 이것은 국민의 새로운 의무였다.

이에 따라 판사의 역할은 최고의 전문가로서 여론을 얼마의 퍼센트로 판결에 반영하는가에 집중되었다. 그래서 판사들은 학교에서 법철학과 역사학 그리고 경제학과 인문학을 주요한 과목으로 배웠고 또 일생 동안 공부해야 했다.

나는 퍼센트 수치를 입력하기 전에 마지막으로 판사봉을 바라봤다. 5년 전, 해외에서 이와 비슷한 사건이 있었다. 나치의 실제 존재 여부를 두고 일어난 다툼이었다. '인간이라면 과연 그럴 수 있냐?'는 인간성에 대한 긍정적인 믿음 때문에 아우슈비츠에 관한 많은 부분이 역사적 거짓 또는 오류로 판결됐지만, 나치즘에 대한 것들은 사실이라고 판결되었고 해당 디지털 자료의 유지를 명했었다.

나는 키보드 위에 손을 올렸다.

나는 결국 퍼센트를 입력하지 못했다. 그리고 서둘러 재판장을 떠났다. 왠지 몸이 떨려 왔다. 그냥 날씨가 추워서일 거라고, 나는 대법원 앞에서 목도리를 두르며 생각했다.

너의 배가 갈리고, 나의 콧물이 흐를 때

조나단은 금방이라도 텔레비전 속으로 빨려 들어갈 것처럼 보였다. 텔레비전에서는 수술 장면이 방송되고 있었다. 의사가 수술용 칼을 마취된 환자의 배에 갖다 대자, 환자의 배 위에 절개해야 할 위치와 길이가 붉은 빛으로 맺혔다. 마스크를 쓴 채 보조하던 간호사가 허공에 손동작을 하자 환자의 배 위에 홀로그램이 떠오르더니 절개 부위 안쪽의 상황과 근육 및 내장의 절단면을 보여 주었다.

간호사가 손을 한 번 휘젓자 홀로그램은 수술 부위의 절단면에서 피부를 투과해 환자의 배 속 상황 전체를 부감으로 보여 주었다. 간호사가 다시 왼쪽으로 손을 흔들자 바로 전의 절단면으로 넘어갔다. 칼을 든 의사는 홀로그램을 통해 잘라야 할 두께를 가늠하며 절개를 시작했다.

의사는 내장 여기저기에 붙은 종양을 제거하려다 막히는 부분이 생긴 것 같았다. 간호사는 허공에 다시 손짓을 했다. 홀로그램은 동일하거나 유사한 수술을 성공적으로 마친 저명한 의사들의 수술 장면 중 일부를 보여 주었다. 의사가 오른쪽 눈을 깜빡이면 다음 장면으로 넘어갔고, 왼쪽 눈을 깜빡이면 바로 전의 장면으로, 두 눈을 동시에 깜빡이면 동영상은 일시정지 된 채 멈췄다.

의사는 힌트를 얻었는지 다시 수술을 시작했다. 20분 정도가 지나자 의사가 손을 멈추었다. 완전히 예상하지 못했던 난이도는 아니었으나 생각했던 것보다 수술이 어려운 듯했다. 의사는 간호사에게 다가가 귓속말을 속삭였다.

잠시 뒤 홀로그램에 아프리카 수단에서 방금 다른 수술을 마친 대장암 전문가 네브래스카 박사의 얼굴이 보였다. 그의 이력에 대한 설명이 홀로그램에 짧게 지나간 다음, 그가 전자장갑을 쓰는 장면이 나타났다. 그가 장갑을 다 쓰자 갑자기 홀로그램에서 두 개의 손이 튀어나왔다(잘 보면 천장에서 로봇 손 두 개가 내려온 것이었다).

마법의 두 손이 움직이는 장면은 멀리 수단에 있는 네브래스카 박사가 움직이던 손의 모습과 같았다. 이 장면을 조나단 같은 어린아이들은 박사의 두 손이 마법처럼 공간 이동을 해서 수술실로 와 움직인다고 생각할 것이고, 어른들은 극도로 민감한 센서와 완벽한 통신 그리고 원격 수술 장비인 전자장갑이 지금 이 장면을 가능하게 만들었다고 생각할 터였다.

수술이 점점 성공적으로 절정에 치달을 즈음, 조나단이 점심을

만들고 있던 엄마 제시카에게 물었다. 8평 남짓의 작은 원룸이라 질문은 주방에 있던 제시카의 귀에 금세 닿았다.

"엄마, 이리 와봐. 아빠도 저렇게 수술하면 금방 나을 수 있는 거야. 전 세계 최고의 의사들이 모여 수술을 해준대!"

제시카는 조나단에게 어떻게 반응해 줘야 할지 망설여졌다. 아이 뒤로 보이는 침대에 누워 있는 남편에게 묻고 싶었지만, 아주 오래전부터 남편은 그 무엇도 대답해 줄 수 없는 상태였다. 남편이 처음 쓰러졌을 때 수술을 받았다면 차라리 나았을 것이다. 지금도 그를 치료할 방법이 없는 건 아니지만 수술 비용이 처음 예상했던 때보다 자그마치 열 배는 늘어나 있었다.

제시카가 고민하고 있는 사이, 조나단이 크게 기침하며 콧물을 흘렸다.

"조나단, 감기에 걸렸나 보구나."

제시카는 조나단의 콧물 덕에 아이의 물음에 대답하지 않아도 되어 다행이란 생각이 들었다. 그리고 곧 못난 엄마인 자신을 탓했다.

제시카는 침대 옆 수납장의 맨 아래 서랍을 열어 감기약을 꺼냈다. 유통기한은 이미 3년이 지나 있었다. 제시카는 약물 전용 세척기에 유통기한이 지난 감기약을 넣었다. 약물을 녹인 다음 불순한 성분을 제거하고 다시 알약의 형태로 만들어 주는 세척기였다. 불순물을 제거한다고는 했지만 방문 판매원에게 싸게

구입한 거라 얼마나 정밀하게 제거될지는 알 수 없었다. 그래도 제시카는 안 하는 것보단 나을 것이라고 생각했다.

조나단은 계속 콧물을 흘리며 다시 텔레비전 앞에 앉았다. 프로그램은 이제 결말에 다다른 것 같았다. 성공적인 수술 장면 뒤로 신뢰감으로 충만한 얼굴의 아나운서가 나타났다.

"지금 보신 수술은 세계 최정상 의사들이 모두 힘을 모아 성공시킨 것입니다. 하지만 보셨다시피 의사와 간호사는 계속 대화를 해야 하고, 홀로그램도 봐야 하고, 정보도 분석해야 하고, 필요하면 원격 수술도 해야 하는 등 너무나 복잡한 과정을 거쳐야 했습니다.

아무리 뛰어난 실력자들이라 하더라도 인간이기에 혹시 사고라도 나지 않을까 걱정되지 않으십니까? 물론 의사들은 언제나 최선을 다하지만 인간이다 보니까 완벽하지는 않겠죠? 스스로 완벽하다고 주장할 수 있고 증명할 수 있는 것은 신밖에 없습니다.

로봇 수술, 이제 두려워하지 마세요. 로봇은 이 모든 과정을 혼자 스스로 처리합니다. 게다가 로봇 수술은 의사들이 하는 것처럼 밀실에서 이루어지지 않습니다. 수술의 전체 장면은 환자 가족의 디바이스로 생중계되며 저장은 물론 화면 확대와 편집도 가능합니다.

또한 수술 후 왜 그렇게 수술을 했는지에 대해 음성이나 문서로 친절하게 전부 설명해 줍니다. 실수가 있다면 보험회사에서 책임을 지는 것은 물론입니다. 이래도 인간에게서 수술을 받으시겠습니까?"

수돗물 빛깔이 붉었다. 며칠 전부터 동네에 붉은 빛깔의 수돗물이 나와 자치사무소에 항의했지만 대책을 세우겠으니 기다려 달라는 말뿐이었다. 제시카는 유리컵에 담긴 붉은 물과 상했을지도 모를 알약을 두 손에 든 채 조나단을 쳐다보았다.

어떻게 살아야 할지 모르겠다는 답답함에 제시카의 한숨이 깊어졌다.

1백만 달러의 행방

철호의 머릿속에는 당구공들이 떠다니고 있었다. 아버지의 담당 의사가 보내 준 50페이지 분량의 보고서를 나름대로 요약하면, 아버지의 성대는 열 개의 당구공이 놓여 있는 당구대였다.

'그러니까 아주 운이 좋으면 면역치료제라는 하얀 수구로 아홉 개의 자가면역기능 파괴 세포라는 공을 모두 죽음의 구멍에 밀어 넣을 수 있다. 하지만 아홉 개의 파괴 세포 공이 전부 죽음의 구멍에 빠지기 전에, 수구가 먼저 구멍에 빠지면 게임에서 패배하고 만다……. 게임의 패배는 곧 아버지의 죽음을 뜻한다.'

어제 의사는 아버지가 희귀병에 걸렸음을 알려 왔다. 아버지의 병은 기적적으로 우연히 발견됐다거나 환자를 생각하는 의사의 선량한 마음이 극에 달해 면밀하게 검토하다 찾아낸 것은 아니었다. 철호의 사업이 한창 잘나갈 때, 그는 평생 자신을 위해 살아오신 아버지를 생각해 아버지 몸에 대대적인 투자를 했다. 몸속을 여행하며 질병을 찾는 나노로봇을 아버지 몸에 심은 것인데 이때만 해도 나노로봇이 막 상용화된 때라 그 비용은 우주여행 티켓만큼이나 비쌌다.

철호가 아버지의 몸에 설치한 것은 '원 모어 하트(One More Heart)'란 로봇이었다. 심장 아래에 붙이는 건전지 크기의 이 로봇은 혈액 성분에서 이상 징후를 발견하면 새끼를 낳듯 몸을 열어 나노로봇들을 보낸다. 나노로봇들에는 적외선 카메라가 장착되어 있어 사진을 찍어 보낼 수 있고, 다리와 바늘도 있어 핏속을 떠돌다 불길한 징후가 포착된 지점에 이르면 뿌리를 내리고 스스로 검사도 할 수 있다. '원 모어 하트'는 동일한 나노로봇을 배출하지 않는다. 로봇마다 다른 검사를 시행하도록 각기 다른 센서들이 붙어 있다.

검사가 끝나면 나노로봇들은 다시 '원 모어 하트'로 돌아와 다시 한 번 분석을 한 다음 통신모듈로 결과를 외부에 전송한다. 별도의 통신모듈과 분석기가 부착되지 않은 나노로봇들은 더욱 가볍고 원활하게 몸 상태를 내부에서 검사할 수 있다.

'원 모어 하트'의 충전 방식은 크게 두 가지인데, 심장의 판막을 댐처럼 활용해 혈압 차로 자가발전을 하거나 몸 바깥의 '원 모어 하트'에서 무선으로 흘려보내는 전류를 이용하는 것이다.

철호의 집은 가난하진 않았지만, 그렇다고 미국 유수의 대학에 끝없는 유학을 보낼 돈이 있는 것도 아니었다. 철호가 택한 것은 당시 유행하던 신학문인 '아이티스토리(ITStory)'였다. 역사학에 빅데이터를 비롯한 정보기술을 접목하여 다양한 사회적 현안들에 대해 진단하고 미래 결과까지 예측하는 전체적인 방법론을 연구하는 학문이었다.

재능도 유달리 뛰어났지만, 가족에 대한 책임감도 남달랐던 철호는 10년 이상 걸릴 것으로 예상한 박사 학위를 불과 4년 만에 따냈다. 미국 대학에서 조교수 정도는 따놓은 당상이었지만, 철호는 가족을 위해 학문을 그만두고 배운 것을 토대로 비즈니스에 뛰어들겠다고 다짐했다. 그가 고국에 돌아와 시작한 것은 아이의 성장 히스토리를 분석해 아이의 미래 성격과 직업, 배우자 등을 예측해 주는 프로그램 사업이었다. 실제 적용 가능하다고 믿기 어려운 아이템이었지만 철호의 화려한 경력 때문에 투자자들이 줄을 섰다. 당시는 아직 데이터 과학자에 대한 거품이 꺼지기 전이었다.

철호는 자신만만해 보였지만 사실 속을 끓이고 있었다. 아이의 미래를 예측하는 소프트웨어를 완성하기 위해서는 많은 장비가 필요해 실제 구매가가 매우 높아질 수밖에 없었고, 그렇다고 아이의 일상을 측정하는 장비를 줄이자니 늘 비슷한 예측 결과가 나올 것이 뻔했다. 게다가 기획 단계에서부터 발견된 문제이자 해결하기 불가능해 보였던 문제인 '성'이란 변수가 있었다. 남자와 여자 그리고 그 사이에 있는 다양한 성적 취향들을 어떻게 변수화하고 어떤 알고리즘을 발명해야 할지 도저히 답을 찾을 수 없었다.

하지만 철호는 계속 자신만만한 태도를 유지했다. 그리고 가족에 대한 잘못된 책임감 때문에 자금을 사적으로 유용하기도 했다.

'원 모어 하트'의 구매도 그때 이루어진 것으로, 회사의 회계장부에는 '성적 변수 탐색을 위한 연구 장비 구매'로 기록되었다. 이미 회계 프로그램엔 인공지능이 가미돼 있었지만 이런 꼼수를 적발해 낼 수는 없었다. 철호가 시작한 비즈니스는 철호를 포함해 직원 10명을 제외하고는 전 세계인이 모두 문외한이었기 때문이다. 회계 인공지능 역시 그랬다.

철호는 금주 안에 어떤 식으로든 선언을 해야 했다. 지금 그가 가진 돈은, 아니 그가 유용할 수 있는 돈은 둘 중 하나를 택해 써야 할 정도밖에 남아 있지 않았다.

의사는 아버지에게 발병한 자가면역 질환은 '원 모어 하트'가 없었다면 죽은 뒤에도 사망 이유를 발견하지 못했을 병이라고 했다.

철호가 나름대로 이해하기에는 아버지의 성대라는 당구대 위에 하얀 수구공 8개를 더 놓으면 되는 것이었다. 반(反)세포 행위를 일삼는 숙주들과 동귀어진(同歸於盡) 할 수 있는 반반(反反)세포를 만들어 아버지 몸 안에 넣으면 되는 것이다.

다만, 그 비용은 3백만 달러였고 현재 철호가 유용할 수 있는 돈은 1백만 달러뿐이었다. 비용이 3분의 1로 줄면 수구공도 3분의 1로 줄여 넣어야 했다. 그렇다고 해도 아버지가 살 수 있는 확률은 지금보다 3배가 늘어나는 셈이었다.

헌데, 사실 철호는 마지막으로 남은 1백만 달러로 남극해 방면의 섬으로 도망갈 계획을 세워 놓고 있었다. 가족들을 데리고서.

철호는 무거운 고민을 안고 집으로 돌아왔다. 이사할수록 작아지고 있는 집에 많이 초췌해진 아내가 보였다. 철호는 늘 아내에게 미안했다. 프로포즈할 때 했던 큰 마당이 사방으로 딸린 전원주택에서 살게 해주겠다고 한 약속을 지키지 못했기 때문이다. 그런데 오늘 유독 아내의 눈빛이 매서웠다. 아내는 식탁에 앉은 철호에게 차가운 밥 한 공기와 더 차가운 물 한 사발만 내놓았다. 그리고 말했다.

"당신이 말했죠? 우리 철수의 능력과 성격을 분석해 봤을 때, 철수의 미래는 축구 선수가 가장 좋다고. 그리고 스무 살 전까지 철수도 더 많이 노력하고 주위에서도 더 많이 투자해 주면 그 이후에 아주 큰 빛을 발하는 선수가 될 거라고."

'여보, 그건 다 거짓말이야. 내가 왜 그때 당신에게까지 우리 회사 제품을 속였는지 이젠 기억도 안 나.'

철호는 단조롭고 차가운 식탁 앞에서 멍한 표정만 지었다.

"이번 전국체전에서 축구부터 가상현실로 경기를 한대요. 각자의 방에서 가상 플레이를 해도 전체적으로는 진짜 그라운드에서

경기를 벌이는 셈이죠. 유소년 축구협회에서도 운동선수의 미래와 더 체계적인 분석 관리를 위해 이 방법을 지지한 지 오래고요.

당신에게 전에 말했는데 기억도 못 하죠? 늘 제 말은 마음에 담아 두지 않으니. 그래요, 이건 그렇다 쳐요. 근데 부자 친구들은 이미 장비를 다 구매했는데 우리 철수만 아직 고리타분한 운동화나 신고 운동장을 뛰고 있어요. 이건 대체 어쩔 거예요, 네?"

철호는 뒷면이 형광등 빛으로 번쩍이는 숟가락을 내려놓고 말했다. 어릴 적 아버지가 죽은 사람 앞에서나 숟가락을 뒤집는 것이라고 말한 기억이 났지만 지금은 굳이 바로 놓고 싶지 않았다.

"그래서 그 장비가 얼마인데?"

"최상급은 아니더라도, 철수 주변 친구들이 산 걸 보면 1백만 달러짜리 정도는 사야 할 것 같아요. 여보, 우리 아직 그 정도는 살 수 있는 거죠?"

철호는 차가운 식사 시간이 다 끝날 때까지도 도망 계획에 대해 아내와 상의하지 못했다.

철호는 오늘 밤 아니면 내일 밤, 자신이 어떤 선택을 하게 될지 그리고 자신과 가족들은 어떤 운명을 겪게 될지 알 수 없었다. 목숨을 걸고라도 예측해 보고 싶었지만 끝내 예측할 수 없음을 철호는 알고 있었다.

이 땅의 복지를 위해

"저기 귀걸이 떨어졌어요!"

나는 손짓까지 해가며 귀걸이를 떨어뜨리고 간 그녀를 불렀지만, 그녀는 뒤돌아보지 않았다. 하필 그때 전화가 걸려왔다. 중요한 회사 일이었다. 대충 전화를 끊고 눈을 들자 노란 은행나무 잎들이 떨어지고 있는 사이로 저 너머에서 빠르게 달려오는 자동차에 부딪혀 쓰러지던 그녀가 보였다.

나는 한 달간 번민에 사로잡혔다. 그때 회사에서 걸려 온 전화를 받지만 않았어도 아니, 그녀가 횡단보도를 건너기 전에 내가 따라잡았더라면 아니, 횡단보도가 더 먼 곳에 있었더라면 아니, 내가 처음부터 이 '무료 네트워크'를 만들지 않았더라면 그녀는 죽지 않았을 것이다.

그녀는 아직 스물넷밖에 안 된 어린 여자였다. 직업은 없었고 기가 막히게 가난했다. 그녀가 먹고살 만했다면, 으레 그렇듯 기능성 귀걸이를 양쪽 귀에 모두 착용했을 것이다. 그녀가 한쪽 귀에만 착용한 귀걸이는 동화 기능뿐 아니라 고성능의 보청기 기능까지 겸한 것이었다. 그녀는 귀가 거의 멀어 있었다. 집이 어느 정도만 살았어도 보통 사람들처럼 고막 바깥쪽에 콘택트필름 정도는 착용했을 텐데. 어쨌든 그래서 그녀는 내가 뒤에서 목청껏 외쳤음에도 뒤를 돌아보지 않았던, 아니 못했던 것이다. 귀걸이가 떨어진 다음엔 아무 소리도 듣지 못했을 테니까.

경찰 조사 결과, 평소 그녀는 집에서 귀걸이를 거의 착용하지 않았던 것으로 밝혀졌다. 만약 집에서도 귀걸이를 착용했다면 그녀는 갑자기 사라진 길가의 소음을 바로 알아차리고 의아해했을 텐데, 그녀에게 무음의 세계는 가장 익숙한 세계의 형태였던 것이다.

나는 립스틱을 꺼내 입술에 발랐다.

"장 비서 개인 전화로 연결해 줘."

이 립스틱은 최신 제품이었다. 입술에 바르는 것만으로도 음성 명령을 내릴 수 있고, 전화를 걸고 받을 수도 있다. 예전의 스마트폰과 같은 복잡한 통신 디바이스는 더 이상 필요가 없다. 통신망도 필요 없다. 예전의 무선 통신망은 기지국부터 중계기까지 유선 기반이었고, 근처의 중계기에서 사람의 손에 들린 스마트폰까지만 무선이었다.

이제는 그런 네트워크마저도 필요 없이 모든 것은 릴레이 방식으로 처리된다. 내가 들고 있는 디바이스는 반경 10km 내의 디바이스까지 신호를 전달할 수 있고 그런 식으로 최종 수신까지 중간의 디바이스들이 통신 정보를 계속 옮긴다. 고도화된 압축 기술과 주파수 해석 기술로 가능해진 일이다.

모든 디바이스를 연결해 새로운 서비스를 만들어 내는 사물인터넷이 보편화되기 위해 마지막으로 넘어야 할 산은 광대역 통신 기술이었다. 이때 혁신적으로 등장한 것이 한참 쓰이지 않았던 삐삐 네트워크였다. 비싼 통신망을 쓸 필요 없이 이제는 아무도 쓰지 않는 과거의 버려진 통신망을 활용해 사물인터넷 네트워크를 완성한 것이다. 이후에 압축 기술과 주파수 해석 기술이 비약적으로 발전하면서 사람 간의 통화까지 통신사의 네트워크를 거치지 않게 되었다.

통신사만 사라진 것은 아니었다. 스마트폰이나 웨어러블

(wearable) 디바이스를 만드는 회사도 사라졌다. 한때 스마트폰이 많은 기능을 가진 컴퓨터였던 시절이 있었으나 이제 그 기능들은 전부 작고 값싼 디바이스로 분화되었다. 가령 음성통화를 할 때 스마트폰을 귀와 입에 갖다 대는 것은 매우 불편한 일이었다. 허공에서 말하고 듣는다면 그것보다 편한 것은 없다. 물론 허공에서 말하고 듣는 것처럼 보이지만 그 뒤에는 그녀의 귀걸이나 나의 립스틱 같은 새로운 디바이스가 존재한다. 립스틱은 나의 위치 정보를 인식하고 매개해 주는 통신 물질이다.

"장 비서, 나야. 앞으로 세 달 동안은 웨어러블 디바이스를 만드는 회사에게 보지 못하고, 듣지 못하고, 말하지 못하고, 걷지 못하는 장애인들 데이터만 보이도록 자료를 넘기도록 해. 그들이 그나마 약간의 돈이 있는 장애인들을 대상으로 영업에 집중할 수 있게 말이야."

나는 새로운 차원의 통신 네트워크를 만든 장본인이다. 나는 이 기능을 모든 제조사에게 무료로 제공하는 대가로 한 사람이 몸에 착용하고 있는 디바이스의 종류에 관한 데이터를 넘겨받기로 했다. 그런 다음 우리 회사는 한 사람마다의 디바이스 해부도를 그렸다. 머리에서부터 발끝까지 그려진 개인의 신체도에 그 사람이 머리카락과 목, 귀와 엉덩이 등 어디에 디바이스를 착용하고 있는지를 파악해 그렸다. 그리고 세부 조회를 해 어느 회사의 제품을 언제 얼마의 가격에 샀는지도 기록했다.

우리는 이런 정보를 전부 모아 각 제조사별로 아직 비어 있는 디바이스 공간에 대한 정보를 팔았다. 사람들을 경제적으로 힘들게 만드는 통신료와 스마트폰을 팔지 않고, 결국 모두를 위한 데이터를 파는 것이다. 웨어러블 디바이스를 파는 회사는 누구에게 팔아야 하는지 알 수 있고, 사는 사람은 자신이 무엇을 구매해야 하는지 알 수 있다.

청각 장애인인 그녀에 대한 죄책감으로 오늘의 결단을 내린 것이다. 앞으로 세 달간은 장애인이 갖고 있지 않은 디바이스에 대한 데이터만을 각 제조사에게 넘길 것이다. 물론 장애인은 필요하다면 돈을 주고 구매해야겠지만, 어쨌든 이를 통해 내가 만든 데이터 서비스 때문에 사람이 죽을 가능성은 더 줄어들 것이다.

나는 문득 먼 하늘을 바라보다 립스틱 전화를 끊었다.

게으르거나 바쁜 휴일

침대가 반지하 방의 벽지처럼 눅진해진 것 같았다. 나도 모르게 기침이 나왔다. 침대 근처의 콘센트에 꽂아 둔 디스플레이가 내 기침 소리를 들었는지 반짝 빛나며 습도와 온도, 에너지 사용량에 관한 정보를 표시했다. 침대 시트의 습도와 곰팡이 등에 관한 정보는 내가 특별히 설정해 놓은 것이다.

며칠 전 빤 시트가 다 건조되었을 때와 현재 습도는 큰 차이가 없었다. 아무래도 기분 탓인 것 같았다. 그래, 중요한 것은 사람의 기분이다. 나는 방안의 습도뿐 아니라 침대의 습도도 더 낮추는 쪽으로 버튼을 조작했다.

오늘 나는 하루 종일 누워 있을 예정이었다. 쉬는 날에는 이렇게 가능한 한 몸을 움직이지 않는 것이 좋다. 침대에서 온전히 하루를 보내는 날을 대비해 현관문에 배달 음식 입구를 별도로 만들었고, 침대까지 이어지는 레일도 직접 만들어 놓았다. 내일까지 쉬는 날이기 때문에 나는 이른 아침 눈을 떴을 때부터 야구에 관한 만화와 영화를 다시 한 번 섭렵하기로 마음먹었다.

침대에서 전용으로 쓸 작은 식탁도 내가 직접 만들어 달았다. 물론 여전히 공장에서 대량으로 찍어 내는 공산품도 있지만, 난 동네마다 있는 프린팅 가게(보편화되었기 때문에 굳이 3D프린팅이란 풀네임을 쓰지 않았다)에서 필요한 물건을 사 왔다. 평소에도 안경다리가 부러지거나 수납장의 이음새가 부서진 정도는 3D스캐너를 빌려와 직접 촬영한 다음 제작 주문했다.

특히 나와 많은 시간을 보내게 될 물건은 내가 직접 설계하고 장비도 직접 출력했다. 모든 것을 설계하는 것은 아니었고 기존에 있는 설계도를 조금 바꾸는 정도에 불과했지만, 요즘엔 누구나 이렇게 한다. 이 정도는 초등학교 3D 프린팅 실습 시간에 다 배우고 자란다.

나는 침대 위에서 야구 만화책을 뒤적거리며 군만두와 자장면을 먹었다. 다 먹고 난 그릇들은 레일 위에 올려 현관 바깥으로 보냈다. 침대에 푸욱 몸을 뉘였다.

그러곤 거실 벽면에 붙어 있던 디스플레이를 이동시킨 다음, 보기 편하게 아래로 끌어 내렸다. 레일에서 쇳소리가 나는 게 아무래도 손을 좀 봐야 할 것 같았다. 다음에 알아볼까, 지금 알아볼까 망설이다가 결국 디스플레이에서 '우리 집'이란 버튼을 눌렀다. 경험상 지금 하지 않으면 나는 한 달 뒤에나 있을 휴일에 지금과 똑같은 고민을 하고 있을 게 분명했다.

내가 살고 있는 총 210층 건물에는 3천 세대가 거주하고 있었다. 내일 수리 서비스를 부른 가구는 25세대였고 모레는 38세대였다. 나는 모레 날짜로 수리 발주를 넣었다. 50세대가 넘으면 가격을 할인해 주는데 내일쯤 되면 50세대가 찰 게 분명했다.

나는 오늘 내가 본 만화 중 가장 재미있었던 것을 디스플레이에 입력했다. 종이책으로 야구 만화를 봤기 때문에 기록은 직접 입력해야 했다. 입력이 끝나자 야구 관련 추천 드라마가 화면에 가득 찼다. 그중에서 체험하기가 가능한 것도 군데군데 눈에 띄었다. 나는 한쪽 눈이 실명된 채로 메이저리그에 진출하는 데 성공했지만, 불치병에 걸려 시한부가 된 소녀를 구하며 나머지 눈마저 잃게 되는 불굴의 영웅이 등장하는 드라마를 선택했다.

직접 체험하시겠습니까?

시계를 보니 아직 하루는 많이 남아 있었다. 하루 종일 종이책이라는 동일한 형식의 콘텐츠를 소비했더니 지겨웠다. 일요일인 내일은 드라마만 온종일 보기로 마음먹고 있었기에, 나는 자연스럽게 결제를 진행했다.

나는 마침내 침대에서 일어나 책상 서랍을 열었다. 가상체험 전용 안경은 구식이었지만 아직 쓸 만했다. 거의 모든 제작사에서 만든 가상체험 콘텐츠와 호환되는 제품이었다. 그래, 잘 보이기만 하면 됐지 뭐가 더 필요하겠어?

같이 체험할 친구가 있습니까?

컴퓨터가 내게 물어본 질문에 답하기 위해 SNS에 접속했다. 세계 최대의 SNS서비스인 이 시스템은 한때 망할 뻔한 적이 있었다. 데이터센터에 역사상 최악의 바이러스가 침투해 그간 저장된 이미지와 친구 목록 등의 관계 데이터가 모두 파괴되어 버렸기 때문이다. '미러링 바이러스(Mirroring Virus)'란 기술로 동일한 데이터베이스 구조와 데이터 관계도를 가진 모든 센터의 데이터를 자동적으로 어지럽게 만드는 것이었다.

다행히 이 시스템을 만든 회사는 오래전부터 준비하고 있던 가상 SNS를 곧바로 오픈하며 어차피 쇠락의 길을 걷고 있던 기존의 전통 SNS서비스를 완전히 접어 버렸다. 대신 이제는 보편화된 '오감 360도 카메라'를 통해 태그가 걸린 친구들에 한해, 사진이나 영상을 촬영했던 당시의 현실을 체험할 수 있게 해주는 서비스를 주요하게 진행하고 있다. 촬영할 때의 소리, 냄새, 느낌이 전부 재현됐다. 더 이상 댓글로 서로의 안부를 묻고 의견을 교환하는 낡은 SNS는 사라지고 없었다.

그렇게 끝없이 가상 기술이 발전을 거듭하자 이를 우려한 많은 정부들이 관련된 서비스에 반드시 경고 문구를 삽입하도록 법을 제정했다. 왜냐하면 국민들이 현실에서 점점 멀어질수록 정부는 국가 생산성을 기업들에게 모조리 양보해야 하기 때문이다. 경고 문구는 하나가 아니고 다양했다. 국가가 있는 한, 국민 계몽용 또는 계도용 표어들은 결코 사라지는 법이 없었다. 모욕적인 수준의 구호도 많았지만 국가 표어란 원래 그러한 것이니까.

● 가면을 벗고 땀 흘려 일합시다.

- 기생충이 되지 말고 인간이 됩시다.
- 가상현실은 마약보다 더 중독성이 심한 '악의 물질'입니다.
- 미래를 위한 지금 현재의 데이터를 쌓으세요. 가상현실 속의 당신은 현재의 당신이 아니라 과거의 당신입니다.
- 가상현실은 결코 끝이 없습니다. 가상현실이 완성되면, 당신은 그 가상현실 위에 또 다른 허구의 세계를 만들려고 할 것입니다.
- 현실이 불편하다고 도망치면 당신은 영원히 현실로 돌아올 수 없습니다.

나는 타임라인에 '드라마 체험 함께하기'를 띄웠다. 하지만 기다려도 응해 오는 친구가 없었다. 나는 2명에 한해 결제 비용 50% 부담이란 추가 조건도 걸었으나 10분이 지나도록 감감 무소식. 아무래도 오늘 밤은 나만 심심하고 바쁘지 않은 것 같았다. 하긴 대부분 잘나가는 친구들이라 지금쯤 현실에서 모두 이성에게 작업을 걸고 있을 공산이 컸다. 대단한 녀석들…….

가상현실을 꽤나 즐기는 사람들은 가상현실 구조에 대한 비방을 곧 자기 개인에 대한 모욕으로 받아들인다. 사람은 자신이 진지하게 생각해 왔던 것을 누군가 업신여기면 당연히 상처를 받고 화낸다.

나는 홀로 「애꾸눈 4번 타자」를 체험하기로 했다. 3회까지 연속 방송되도록 설정한 다음, 침대에 누워 편안히 눈을 감았다. 가상체험 안경이 눈꺼풀 뒤의 망막으로 영상을 전송했다. 어차피 나 혼자 하는 것이라 나의 역할을 주인공으로 설정했다. 나머지 배우들은 모두 원래 드라마의 인물이었고 주인공의 극 중 이름과 외형만 현실의 내 것으로 바뀌었다. 아주 오래전 인터넷에서 유행하던 아바타란 것은 단순한 캐릭터에 불과했지만, 이제는 현실의 자신을 가상현실에서 그대로 사용할 수 있었다.

1화 중간쯤에 주인공이 땅에 떨어진 도너츠를 주워 먹는 장면이 나왔다. 나는 눈의 방향과 깜박거림을 통해 도너츠를 주문했다. 물론 나만의 추가 메모도 역시 눈으로 복사해 붙여 넣었다.

현관문 아래, 음식 전용 레일에 놓고 가세요.

인형의 집

"엄마가 하늘을 날고 있어요."

아들 요셉이 말했다.

"저러다 천장에 부딪힐 것 같은데."

평소 활달한 성격의 민희는 거실 한가운데에서 날아가고 있는 엄마의 발목을 잡았다. 엄마의 머리가 샹들리에에 부딪히기 직전이었다. 엄마의 몸은 바닥에 쿵 하고 떨어졌다. 다행히 인형의 머리와 발은 분리되지 않았다.

아직 5살인 요셉은 "큰일 날 뻔했어"라고 말했지만, 11살의 똑똑한 민희는 달랐다.

"엄마, 이건 불법이야. 중력의 법칙을 어기면 안 된다고. 여기는 그냥 평범한 지구의 집이야."

콘라드와 알리아는 콘라드의 아들 요셉의 방문을 열고 요셉이 놀고 있는 장면을 엿보고 있었다. 요셉은 알리아가 만든 '인형의 집'을 갖고 놀고 있었다. '인형의 집'은 백 년 전부터 어린아이들

이 엄마, 아빠에게 사달라고 조르던 바로 그 인형들이 사는 집이었다. 다른 게 있다면 예전에는 아이가 직접 모든 인형을 손으로 움직이며 목소리도 내야 했지만, 이제는 한 사람이 하나의 인형만 담당하면 되었다. 네 명의 친구가 인형 가족 놀이를 한다면, 네 명은 똑같이 생긴 인형의 집과 인형을 사서 자신의 인형만 조종하면 되었다. 멀리 아시아의 어린이가 인형을 조종하면 북유럽에 살고 있는 어린이의 인형도 똑같이 움직이는 식이었다. 나는 내가 맡은 인형만 조종할 수 있고, 인형의 집에서 다른 아이가 맡은 인형은 그 아이의 조종에 따라 움직였다. 아이가 하는 말은 인형의 변조된 음성으로 모두에게 들렸다.

요셉은 '인형의 집' 가족에서 이름은 요셉 그대로, 역할도 아들 역할을 맡고 있었다. 멀리 한국에 있는 민희란 누나가 '인형의 집'에서도 요셉의 누나 역할을 맡았고 엄마 역할은 다른 누군가가 맡고 있었다.

콘라드와 알리아는 거실로 나와 차를 마시려고 테이블에 앉았다. 얼굴을 가리고 있던 커피 잔이 내려지자 콘라드는 알리아를 보고 조금은 부러운 듯한 동시에 조금은 꺼림칙하게 느껴지는 웃음을 지었다.

"알리아, 좋겠군. 내 아들 요셉도 자네가 만든 인형 놀이에 푹 빠져 있으니. 이미 요셉의 방은 3분의 1이 '인형의 집'으로 차 있다고. 얼마 전에는 프랑스식 정원을 만들어 달라고 난리더군. 한국에 사는 민희란 친구와 아빠란 사람은 이미 프랑스식 정원을 구매했다며 말이야. 다른 가족들이 그 정원을 거닐 때, 자기만 방에 있어야 한다고 어찌나 속상해하는지. 글쎄, 그 어린 녀석이 외롭다는 표현을 벌써부터 썼단 말이야.

자네가 '인형의 집' 얘기를 처음 꺼냈을 때, 사실 누구도 거들떠보지도 않았지. 직접 주변의 사물들을 조종하며 놀 수 있는 장난감도 많고 가상현실 게임도 넘쳐나는데 어떤 아이가 '인형의 집'을 갖고 놀겠느냐고 말이야. 물론 나 역시 그렇게 생각했지."

콘라드는 잠시 히죽거렸다.

"자네는 저 장난감을 많이 팔아서 좋겠지만 우리는 죽을 맛이네. 자네도 얼마 전의 뉴스를 봤겠지. 도대체 그 놀이동산 제품은 뭔가? 인형들이 놀이동산을 가려면 그 인형 가족 모두가 놀이동산 패키지를 사야 하는데 정말 부잣집 아이들만 살 수 있는 게 아닌가 말이야? 도대체 이 쓸모없는 장난감에 돈을 얼마나 쏟아부어야 하는 건지. 자네는 한 번이라도 생각해 봤나? 저 장난감들이 사회에 작은 기여라도 하고 있다고?"

지금으로부터 3년 전, 알리아가 '인형의 집'이란 아이디어만 갖고 있었을 당시 그 누구도 그의 말에 귀 기울이지 않았다. 도대체 요즘 같은 시대에 누가 인형 따위에 관심을 갖는단 말인가? 콘라드 역시 마찬가지였다. 알리아는 콘라드에게 시제품을 만들기 위해 돈을 빌려 달라고 했지만 콘라드는 비웃으며 거절했었다.

그러나 이후 알리아는 '인형의 집'으로 승승장구하기 시작했고 반면 콘라드는 점점 더 작은 집으로 이사를 갔다. 원래 그땐 모든 회사들이 아주 사소한 이유로 우습게 망하고 또 새로 생겨나는 시대였다.

"이봐, 콘라드. 내일 구글과 제휴한 외국어 학습 제품이 출시될 거야. 이미 구글과 제휴해서 각자 나라의 말로 떠들어도 모든 인형의 말이 모국어로 들리게는 하고 있지만, 그 통역의 과정을 제품화해서 판매하는 것이지. 인형의 머리 위로 말풍선이 뜨면서 그 안에 통역되기 전의 언어와 된 후의 언어를 동시에 보여 주는 방법이나 원래의 언어를 먼저 들려준 뒤 모국어로 통역해 들려주는 방법 등 다양한 패키지가 있다네. 이 제품을 쓰기 위해서는 기존 '인형의 집'을 수선하는 방법도 있지만 '인형의 집'을 다시 사는 것과 금액적으로는 큰 차이가 없네. 아무튼 뭐, 이 정도면 약간은 사회에 기여하는 게 아닐까? 어린이들에게 즐거운 교육의 경험을 주는 것만으로도 말이야."

알리아는 기사를 불러 현관문 앞에 놓여 있던 '인형의 집-롤러코스터 세트'를 다시 차에 실으라고 했다. 알리아가 콘라드의 아들 요셉을 위해 가져온 선물이었다. 콘라드의 여전한 비웃음에 알리아는 불쾌감을 느낀 것이다. 알리아는 떠나며 말했다.

"잘난 듯 남이 하려는 일을 비판하는 것보다 쉬운 건 세상에 없을 거네. 이 세상 모든 사람이 자네처럼 세 치의 혀를 가졌지. 기억하게. 개중의 어떤 사람은 쓸모없이 그 세 치의 혀를 놀리지 않고 뭔가 위대한 일을 시작한다네."

글로벌 스케일

목요일 새벽, 나는 문득 잠에서 깼다. 갑작스럽게 깨었기 때문에 깨기 직전까지 꾸던 꿈을 생생하게 기억하고 있었다. 꿈속에서 나는 웬일인지 목성에 누워 있었다. 우주에 있는 그 목성 말이다. 목성을 떠올리자 초코파이가 먹고 싶어졌다. 지금 내 마음속의 이미지들은 스타카토처럼 하나씩은 명쾌한 음표였지만, 이어지는 멜로디가 되지는 않았다.

어쨌든 나는 초코파이를 한 시간 이내로 먹기로 결심했다. 이왕이면 열두 개가 담긴 박스째로 갖고 싶었다. 허나 내가 사러 나가는 것은 싫었다.

나는 '글로벌 스케일(Global Scale)'에 접속하기로 했다. 티셔츠 팔을 걷어 올려 왼팔 윗부분에 붙어 있던 '글로벌 스케일' 테이프를 눌렀다. 꽉 눌러 주면 튀어나오게끔 설계된 제품이었다. 기본적으로 '글로벌 스케일'의 테이프는 통신모듈을 이용해 생체 정보를 바로 서버에 전송시키는데, 내 건 통신모듈이 없는 제품이었다. 나는 내가 몇 시간을 잤는지, 코를 골았는지, 심지어 몽정은 했는지에 대한 정보를 어딘가에 보내는 것이 싫었다. 해킹 가능성의 여부와 상관없이 그건 마치 길거리에 아무도 없다고 명명백백 확인이 돼도 발가벗고 돌아다니고 싶지 않은 마음과 같은 것이다.

나는 테이프를 노트북 패드 위에 올려놓고 '글로벌 스케일'에 업로드를 명했다. 내 계정이 자동으로 로그인되었고 현재 나의 상태와 내가 그간에 한 일들이 화면에 표시되었다.

- 11월 26일, 8시간 34분 수면
- 컨디션: B++ 등급
- 현재 감기 증상 없음
- 최근 3개월간 병력 없음
- 글로벌 스케일이 인정한 분야: D언어 프로그래밍, 사물인터넷 서비스 기획, 스포츠웨어 체험 상담
- 최근 시행 프로젝트 3개
  - 영국 웰키스 사 요청: 선박 자동 유도 프로그램 중 항구와의 통신 체제 설계(1/2장, 14분)
  - 이스라엘 니크 사 요청: 운동화 에어 기능에 대한 체험자 대상의 설문조사(20문항 전 항목 응답, 8분)
  - 탄자니아 개인 라라스(13세 남자) 요청: 자동 세탁 시점을 판별하는, 옷걸이 제작에 관한 코딩 의문점(4개 질문에 대해 응답, 만족도 76%, 54분)

그리고 나는 나의 요구 사항을 입력했다.

- 한국, 서울특별시 은평구 응암동 134566-09883번지 58층 11034호로 오전 9시 45분까지 하이타이 사의 초코파이 한 박스 구매 후 배달(나의 비용 부담은 일절 없음)

앞으로 30분간, 내 요구 사항을 받아들이는 대신 내가 해줘야 할 일이 매칭되지 않으면 나는 요구 사항을 새로 써야 했다. 하지만 '글로벌 스케일'을 이용한 5년 동안, 초반 몇 번을 제외하고 나의 능력이 구매되지 않은 경우는 없었다. 아니다 다를까, 4분 뒤에 나를 위한 일 두 개가 정렬됐다.

- 일본 34세 유부녀, 이혼 상담
- 중국 7세 남자, D언어 빨리 공부하는 법

왜 34세의 일본 유부녀가 내게 이혼 상담을 원하는지는 알 수 없었다. 하지만 그쪽에서 나를 콕 찍어 택한 것은 분명했다. 자동 매칭을 선택했다면 남녀 심리나 법하고는 완전히 담을 쌓고 산 내게 그런 일이 배정되지는 않았을 테니까. 일본 이혼 예정녀 쪽에 아주 약간의 흥미가 당기긴 했으나 당연히 난 '중국 7세 남자, D언어 빨리 공부하는 법'을 택했다. 그쪽이 일을 처리하기가 더 편했고 나의 높은 피드백 점수도 유지될 테니까.

전 지구인을 대상으로 현재 처리해야 할 일에 대해 가장 적합한 사람을 저울질해 찾아주는 '글로벌 스케일'을 자주 이용하면, 이용자는 자신의 능력에 대해 잘 알게 될 뿐만 아니라 건강관리까지 신경 쓰게 된다. 아무리 과거 이력이나 현재 능력이 뛰어나도 컨디션이 안 좋거나 감기에 걸린 사람은 업무 효율성이 떨어질 수밖에 없기 때문이다.

'D언어 빨리 공부하는 법'에 대해서는 사실 이미 백 번도 넘는 상담을 해줬을 것이다. 누워서 떡 먹기다. 잠시 뒤 초코파이를 박스째 먹을 생각을 하니 얼굴에 웃음꽃이 피었다. 그러다 문득 따뜻한 아메리카노도 먹고 싶어졌다. 바로 두 번째 나의 요구 사항을 입력했다.

중국의 7세 소년이 한국에 있는 내게 어떻게 초코파이를 구매해 배달까지 해줄까 싶겠지만 그와 나 사이에는 무수한 사람과 업무 요청, 대가 지불이 존재한다. 요구와 대가가 완전히 일치하는 두 사람을 찾는 것은 사실상 불가능에 가깝다. '글로벌 스케일'의 알고리즘 핵심은 요구와 대가를 조금은 불명확하게 근사치로 만든 다음, 중간에 연계해 줄 사람의 규모를 최대한 확대하는 것이다. 나의 요구는 A에서 B로 다시 C로 가고, 내가 지불해야 할 대가 역시 A′에서 B′로 다시 C′로 간다. 이 연계가 짧게는 몇 번이지만 길게는 수천 번이 진행될 수도 있다.

어쨌든 나는 한 시간 안에 초코파이와 아메리카노를 먹고 말 것이다. 아메리카노는 엑스트라 사이즈로, 빨대는 필요 없다.

국민에 따르면

이번 '최고의 역사 프로젝트 시행'에 관한 나의 투표는 사표가 됐다. 죽은 표가 됐다는 것인데, 엄밀히 말하면 투표를 한 다음 죽은 표가 된 것이 아니라 애초에 투표 자격이 박탈된 것이다.

'최고의 역사 프로젝트 시행'은 '22세기 비전당'에서 국민투표를 발의한 것으로, 지난 몇 세기간 역사적 사건들 중 의견이 분분히 나뉘는 것을 다수가 인정하는

사건만 정론으로 인정하고 나머지는 모두 삭제하자는 안건이었다. 물론 디지털 도서관에는 모든 기록들이 남게 되겠지만 학생들과 일반인들이 평상시에 보거나 학자들이 이용하는 자료 목록에서는 정론으로 결정되지 않은 사건들은 모두 사라지는 것이다.

헌법이 수정되기 전이었다면 아마도 이번 나의 투표는 '반대'로 결정되었겠지만 이제는 아예 투표권 박탈이 되었다.

1년 전, 거리 곳곳에는 뉴스 속보가 떴다.

헌법에서 '집회의 자유'가 사라진 지 10년 만에 '여론 수집 소스 완전 공개화'를 수정헌법의 1조로 등재하기로 결정함.

10년 전에 헌법에서 '집회의 자유'가 사라진 것은 국민이 더는 시위 같은 것을 할 필요가 없었기 때문이었다. 그전까지 모든 정치인들은 국민과 여론을 핑계 삼아 정책 방향을 정하고 시행했다. 하지만 빅데이터 처리에 의한 여론의 정교한 분석이 가능해지면서 그들은 더 이상 여론조사 결과 같은 것을 핑계로 삼을 수 없게 되었다. 또한 '국민이 원하고 있다'란 식의 애매한 발언도 더는 성립할 수 없었다. 여론조사와 투표를 따로 시행할 필요도 없게 된 건 두말할 필요도 없다.

그 뒤로 시위, 불법 시위, 경찰의 폭력 대응, 정치 분쟁, 투표, 투표 조작, 여론의 동향, 여론조사 같은 단어는 점점 사어(死語)가 되어 갔고 반면 국민의 뜻을 추적하는 알고리즘에 대해서는 계속 의문이 제기되었다. 어떤 사안에 대해 국민 개개인이 어떤 판단을 하고 있는지를 '투표화'시키는 것이 골조였기 때문에 조작의 위험성이 있다는 문제였다. 하지만 '투표화'에 대한 알고리즘은 처음부터 거의 모두 개방돼 있었다. 그렇기 때문에 개인이 SNS에 남기는 댓글의 내용에 따라 각각의 사안들에 대해 어떤 투표를 행사할지 분석하는 가이드라인들도 많이 개발되었다. 한마디로 알고리즘이 전체 국민을 대변해 단 한 장의 투표권을 행사한다고 볼 수 있었다.

알고리즘은 개방돼 있었기 때문에 조작의 위험은 없었다. 모두의 눈앞에 개방돼 있는 것을 함부로 뛰어나가 조작할 수는 없기 때문이다. 반대로 그렇기 때문에 알고리즘을 어떻게 수정해 갈 것인가 하는 문제가 매번 불거지곤 했다. 결국 이때쯤 정당 문화가 다시 생겼고 각 정당만이 전체 알고리즘을 확인할 수 있고 합의에 따라 수정할 수 있게 되었다. 그리고 이 핵심 알고리즘을 포함한 일부 알고리즘이 공개되지 않은 것은 국가 보안상의 이유였다.

그러던 것이 1년 전에 모든 알고리즘을 공개하는 것으로 헌법이 바뀐 것이다. 그렇다고 정당이 사라진 건 아니었다. 정당은 어떤 사안에 대한 투표 제안과 알고리즘 수정이란 합법적 권력을 여전히 갖고 있었고, 그래서 여론 형성이란 암묵적 권력도 유지하고 있었다.

1년 전부터 시행된 수정헌법에서 또 하나 크게 바뀐 것이 바로 '국민의 수만큼 실제 투표수를 만들 것인가?' 하는 문제였다. 사실 공개적인 자리에서 자신의 의견을 명백히 밝히지 않는 국민이 80% 이상이었지만 이전에는 그들 80%의 의견도 알고리즘으로 모두 추정해 투표화시켰다. 헌데 수정헌법에서는 20%만 명백한 의사를 밝혔으면 그 20%가 모든 것을 결정하게 만든다고 규정했다.

수정헌법은 여기에서 한 걸음 더 나아갔다. 아무리 명백하게 의사를 밝혔어도 그 의사에 부합하는 검증 가능한 작은 실천이나 활동을 하지 않았다면 진짜 의사로 보지 않았다. 즉, 의사 결정권이 있는 투표에서 제외한다는 것이다. 여기에서 실천은 시위 같은 것을 말하는 것은 아니었다. 최소한의 실천 조건은 정당 가입이었다. 물론 명분적으로 실천이란 것은 '자신이 생각하는 바를 합법적이고 이타적인 범위 안에서 물질적 세계에서 현실화되도록 애쓴 노력'을 말했다.

다시 말하지만, 이번 '최고의 역사 프로젝트 시행'에 관한 나의 투표는 사표가 됐다. SNS에 내 의사를 명백히 밝히긴 했지만 사실 난 비판만 했지 실천한 것은 없었다. 그동안 나는 현실과 상황에 따라 계속 변해 가는 법만을 탓하고 자신의 의사에 맞는 실천을 하지 않으며 반대 의견인 사람을 비난만 하는 걸 '정당하지 못하다'고 생각했다. 그렇지만 나 역시 내가 비판한던 말뿐인 투쟁가임은 부정할 수가 없다.

나의 이런 소시민적인 삶이 앞으로 달라질 것 같지는 않다. 나는 내가 그냥 게으르고 남에게 무심한 이기적인 인간이란 것을 잘 알고 인정할 뿐이다.

여행에 대한 예언

앙코르와트가 있는 씨엠립에서 세 번째의 아침을 맞이했다. 거울 속의 내 표정은 그리 밝지 않았다. 나는 그 이유를 알고 있었다. 호텔 마당에 아이들이 모이려면 아직 한 시간이 남아 있었다. 나는 얼굴만 빨리 씻고 벤에게로 달려갔다. 벤은 옆방에 묵고 있었다.

"오, 헨리! 아침부터 무슨 일이야?"

벤은 다른 아이들처럼 조식 뷔페를 먹지 않고 부잣집 아들답게 혼자 룸서비스로 음식을 시켜 먹고 있었다. 벤은 나와 동갑으로 열 살이었지만, 호텔방에서 혼자 식사하는 모습이 전혀 어색하지 않았고 오히려 우아하기까지 했다.

"오늘은 도저히 돌무더기를 못 보겠어. 지겨워졌단 말이야. 이렇게 먼 곳까지 와서 남은 일정의 절반을 지겨움 때문에 시무룩하게 있어야 한다는 건 말도 안 돼."

벤은 별다른 반응을 보이지 않았다. 그는 시저샐러드를 다시 한 입 먹고 커피로 입가심을 한 후에 말했다.

“더워서 그러니? 내가 아이스팩을 빌려줄 수도 있어.”

“날이 더운 건 상관없어. 원래 캄보디아는 더운 곳이니까. 나를 애 취급하지는 마. 나는 지금 너에게 우리가 어른이 되어 보자고 제안하는 거야. 지도를 벗어난 여행을 해보자고.”

앙코르와트를 처음 봤을 때는 돌로 직조된 그 웅장함에 경외심을 느꼈다. 석조물을 지나칠 때마다 이어폰으로 캄보디아와 앙코르와트의 역사와 신화에 대한 설명이 흘러나왔다. 나중에는 이야기 듣는 것이 더 재미있어 사면이 얼굴로 된 석조물 같은 것은 쳐다보지도 않고 땅만 보며 걷기도 했다. 하지만 이틀이 지난 후 이제 그 이야기마저도 지겨워졌다. 벤은 고개를 젖혀 천장 쪽을 잠시 보더니 이내 고개를 끄덕였다.

우리 일행은 오전 10시에 아마도 내일이면 이름조차 기억 못 할 어떤 왕을 기리는 사원 앞에 섰다. 우리 앞의 아이들은 다시 돌로 된 사원 마당을 지나 사원 입구로 들어가기 시작했다. 나는 미리 앞서 걷는 아이의 가방을 슬쩍 열어 놓았고 그 안에 스마트폰을 집어넣었다. 우리의 위치를 가이드에게 알려 줄 스마트폰이었다. 벤도 역시 나와 똑같이 처리했다.

가이드, 대사관, 고국의 부모님들은 우리가 이제부터 세 시간 동안 이 사원을 돌아다니는 것으로 알 것이다. 벤과 나는 사원 입구 근처에 잠깐 숨어 있다가 한 번 숨을 고른 후 주차장까지 달려갔다. 조금 전, 우리를 이곳에 내려 준 버스는 이미 없었다. 우리는 거기에서부터 우리의 스마트폰이 있는 쪽과 반대로 걸어갔다. 열 개 남짓의 사원을 지나친 뒤에야 돌로 된 세상은 완전히 사라졌고 좁은 길, 가난한 집, 아무렇게나 자라고 있는 풀과 나무가 보이기 시작했다.

우리는 지도를 벗어난 행군을 시작했으나 막상 목적지는 없었다. 벤은 어떨지 몰라도 나는 이 지도란 것에 신물이 나 있었다. 부모님께 전달되는 내 위치 정보나 구매한 상품에 관한 정보, 관심사에 대한 정보 등의 공유를 수십 번이나 꺼달라 요청했지만 번번이 묵살되었기 때문이다. 부모님은 스무 살까지는 어쩔 수 없다고 했다. 지금까지 내가 받은 혜택의 열 배가 넘는 금액을 위약금으로 내야 할지도 모른다고 했다.

내가 태어나기 두 달 전에 글로벌 기업 '굿(GooD)'의 담당자가 부모님을 찾아왔다고 한다. 이 아이가 앞으로 20년간 발생시키는 데이터를 자기들이 갖고, 그것을 마케팅 용도로 쓰는 데 동의를 해주면 그 기간 동안 많은 혜택을 주겠다고 했단다. 물론 내가 누구인지 식별할 수 있는 개인적 수준의 데이터를 갖는 것이 아니라 식별 정보를 제거한 데이터만 제공한다는 전제가 있었다. 굿 사가 부모님께 말한 데이터는 건강 데이터 관리와 위험 방지 관리였다.

그것들을 위해 디바이스와 인터넷을 무료로 제공하겠다고 했으며, 응급상황 발생시 병원과 연동해 출동할 뿐 아니라 치료비의 일부도 부담하겠다고 했다. 또한 내가 쓸 기저귀와 입을 옷, 갖고 놀 장난감, 공부할 교재나 학습 도구도 저렴한 가격으로 제공하겠다고 했다. 굿 사에서 직접 제조한 물건들도 있었지만 제휴된 회사들에게서 받은 제품들도 있었다. 똑같은 것은 그 제품들을 내가 사용하며 발생시킨 데이터들이 굿 사의 서버에 전송된다는 것이었다. 게다가 열 살 때와 스무 살 때는 해외여행을 보내 주겠다는 조건도 걸었다. 가난했던 부모님은 그 제안을 승낙할 수밖에 없었다. 내가 부모님이었다고 해도 그렇게 했으리라 생각한다. 가난은 세상의 선이든 악이든, 사람으로 하여금 더 많은 것을 받아들이게 만드니까. 더구나 부모님은 나에 관한 개인 식별 정보가 제공된 데이터도 받을 수 있어 나를 더욱 잘 관찰해 나에 대한 걱정을 덜 수 있었다.

굿 사가 이렇게까지 하는 이유는 사람들로 하여금 단순히 어릴 때부터 자사의 서비스에 익숙해지도록 만들기 위함이 아니었다. 어린아이에게 노출될 서비스에 대한 장악은 곧 제조사에 대한 장악이기도 했다. 어린 시절에 쓰는 제품뿐 아니라 그들이 어른이 된 다음에도 쓰게 될 제품은 제조사의 마케팅이 아니라 굿 사의 의지가 정하게 되는 것이다.

벤은 캄보디아에서 처음 만난, 알게 된 지 이틀밖에 안 된 친구였다. 이 여행에 와서 놀랐던 것은 우리의 생년월일이 모두 똑같다는 것이었다. 굿 사가 그 당시 얼마나 많은 아이들을 끌어 모았는지 짐작이 갔다. 아이들 수가 어느 정도였다면 이렇게 기계적인 방식으로 관리하지는 않았을 것이다. 나는 벤에게 물었다.

"벤, 너희 집은 어떻게 부자가 되었니? 사실 넌 계약만 아니었다면 이 여행에 오지도 않았겠지?"

"엄마 말로는 우리가 잘살게 된 건 운이래. 아빠는 인간의 손을 20년 넘게 연구해 오셨는데 마침 아빠의 연구 아이디어와 기술을 사겠다는 회사가 나타난 거지. 안 그랬으면 아빠는 계속 거리를 청소했을 거래. 물론 아빠가 손을 연구하지 않았다면 그런 운이 나타났을 리도 없었겠지만. 어쨌든 엄마는 그것을 운이라고 했어."

나는 언제 해고될지 모를 직장인에 불과한 부모님을 떠올렸다. 직장인은 계급 이동이 불가능한, 어떤 의미에서는 가장 밑바닥 계층이었다. 이런 경제적인 문제는 교과서에도 실려 있었다.

벤과 나는 저녁 여섯 시가 될 때까지 걸었다. 가이드가 우리에게 연락할 방법은 없었지만 우리는 호텔 방향을 알고 있었다. 이제 슬슬 돌아가려고 할 때 벤이 말했다.

"헨리, 저 나무 보이지. 우리 저쪽으로 가서 우리가 지도를 벗어났다는 징표를 남기고 가자. 이런 생각은 아무도 못 했을 거야."

우리는 무엇을 징표로 남기고 갈지 생각하며, 유독 높게 자라

고 가지들이 줄기만큼이나 바닥으로 길게 늘어져 있는 나무로 다가갔다.

"정했어."

우습게도 나는 양말을, 벤은 팬티를 탈옥의 증거로 남기기로 했다. 나는 운동화를 남기고 싶다고도 생각했지만 돌아갈 길을 생각하니 차마 그럴 수는 없었다. 우리는 뿌리 주변을 돌멩이로 파기 시작했다.

"바닥이 너무 부드러운데."

얼마쯤 파내려 갔을 때, 나무뿌리 근처에 있을 법하지 않은 물건들이 하나둘 보이기 시작했다. 그곳엔 우리가 이곳에 두려고 했던 양말과 팬티가 있었고 바지, 운동화, 모자 심지어 스마트폰과 종이 여권도 있었다.

갑자기 기분이 우울해졌다. 아무것도 없는 먼 서쪽 하늘을 봤는데 낯선 새들 몇 마리가 날아가고 있었다. 나는 어쩐지 자유로이 날고 있는 그 새들에게마저 감시당하고 있다는 착각이 들었다.

나의 외로움은 누구를 찾을까?

"키슨, 오늘까지는 무조건 정해야 하네. 이제 우리도 기다릴 만큼 기다렸고……. 사실 이 일은 우리 전체 계획 중 아주 작은 부분에 불과하네. 우리는 지금 사람을 태우고 토성까지 갔다가 되돌아오는 일을 꾸미는 거야. 바로 그 한 사람이 키슨 자네이고. 자네도 알겠지만 이 작은 프로젝트는 반드시 해야 하는 필수적인 일도 아니라네."

레마토르비치는 말을 끝내고 거대한 회의 탁자를 손가락으로 두드렸다. '피아노를 한 번도 쳐보지 않았군'이라고 키슨은 생각했다. 그는 중요한 결정을 앞두고 자잘한 일을 자꾸 떠올리며 머리를 충분히 식히는 습관이 있었다. 레마토르비치가 이 작은 프로젝트에 대해 말해 준 것은 일주일 전이었지만, 키슨은 아직까지 결정은커녕 머리만 계속 식히려고 했다.

'당신 같으면 죽기 직전에 누구와 함께 있을 것인지, 과연 쉽게 선택할 수 있을 것 같아?"

쉽게 결정을 내리지 못한 스트레스가 막 디스플레이 화면을 켠 레마토르비치에게 전이됐다. 화면에서는 레마토르비치가 키웠던 막심이란 이름의 고양이가 등장했다. 일주일 전에도 레마토르비치가 이 작은 프로젝트를 알려 주며 보여 주던 영상이었다. 막심은 이미 죽은 고양이였다. 하지만 막심은 살아 있는 것처럼 레마토르비치의 옆에서 지내고 있었다. 레마토르비치가 의식하에서 그녀(막심은 암컷이었다)를 입으로 부르거나 깊은 외로움을 느끼고 있을 때, 막심은 나타났다. 민간 기업에서 뇌 과학과 홀로그램 영상 등을 결합하여 발전시켜 오던 기술을 지구우주연방체에서 엔지니어들과 함께 사들인 것이다. 기업 이윤보다는 우주적 공익을 함께 만들어 보자는 좋은 취지에 설득당했다고 언론에서는 말했다. 방문 위에 올라가 있던 막심이 바닥으로 뛰어내리는 순간, 현실의 진짜 문이 열렸다.

토성까지 긴 시간 동안 여행하거나 지구에 돌아오지 못한 채 죽을 수도 있는 나를 위해 '홀로그램 여자'를 만들어 줄 수석 엔지니어 중 한 명인 체카였다. 개발팀 사람들은 모두 독특했지만 그나마 체카는 정상이라 평가받았다. 늘 넥타이를 매지 않고 단추를 두어 개쯤 풀고는 있었지만, 어쨌든 체카는 와이셔츠와 양복을 입고 다녔다. 무엇보다도 슬리퍼를 신고 출근하지 않았다.

체카는 레마토르비치 옆자리에 앉아 멀찍하니 떨어진 나를 쳐다보며 씩 웃었다. 나는 웃을 때마다 유난히 큰 두 귀가 떨리는 체카가 사실 가장 이상한 사람이라고 생각한다. 누군가에게 이상한 존재란 그 사람이 받아들이기 힘든 사람이고, 내가 받아들일 수 없다는 것은 그가 나를 전혀 받아들이거나 이해해 주지 않고 내 비위를 맞추기 위해 어떤 행동도 하지 않을 것이란 판단 때문이다. 내가 그에 대해 갖고 있는 선입견은 나도 알고 있었으나 그렇다고 내 마음을 바꾸어야 할 다른 이유도 없었다.

체카가 예의 그 허스키한 목소리로 말했다.

"아직 결정을 못 했다고? 하지만 지금 이 자리에서 결정을 해야 해. 자네가 지금 이 자리에서 결정하지 않으면 우리 팀은 1년 뒤에 지구를 떠날 자네를 위해서 그 무엇도 만들어 줄 수 없어. 백 년 전에 나온 비디오 화면처럼 지직 대는 수준의 영상물은 만들 수 있겠지만, 그럴 바에야 포르노와 섹스토이를 가져가는 것이 더 낫지 않겠나? 물론 이것도 연료를 아껴야 하는 상황에선 제한적이라고.

자네를 위해 여자를 탄생시켜 줄 홀로그램은 질량도 거의 갖고 있지 않아. 사실 내 개인적인 의견으로는 그런 부가적 존재 없이도 토성까지 다녀올 수 있는 강인한, 아니 보통 우주인의 정신을 가진 사람을 새로 뽑았으면 좋겠지만…….

사실 난 자네가 얼마나 대단한 사람인지는 모르겠어. 자네는 360도로 관찰해도 정말 형편없어 보이거든. 이 같잖은 결정을 하는 데도 시간을 이렇게 오래 허비하고 말이야."

레마토르비치는 체카의 말을 끊지 않았다. 처음부터 그가 하고 싶었던 말인지도 모른다. 체카의 말을 한참 더 들은 뒤에 레마토르비치가 말을 꺼냈다.

"혹시 아내와 별거를 하고 있거나 이혼을 준비 중이신 건가? 아니면 다른 여자라도?"

나도 모르게 고개가 숙여졌다. 지구우주연방체는 우주선에 나 이외에 한 명의 존재를 더 태울 것이라고 말했었다. 당신이 곁에 있었으면 하는 사람의 얼굴과 몸, 습관 등을 모조리 분석해 당신이 필요할 때 그 사람을 존재하게 해주겠다고. 나는 '육화'가 가

능한지도 물었지만 아직까지 그것은 무리라고 했다. 섹스의 문제는 빌트인된 장치를 통해 해결하라고 말해 주었다. 그 장치를 통해 성적인 문제를 해결하면서도 당신이 그 홀로그램 존재를 설득만 한다면 셋이 함께 뭐든지 할 수 있을 것이라고도 살짝 말해 주었다.

문제는 나는 아내에게 아직 이 사실을 말하지 않았다는 거였다. 체카가 다시 입을 열었다.

"당신은 스타니슬라프 램의 『솔라리스』란 책을 읽어 보았나? 읽지 않았겠지. 만약 읽었다면 당신이 지금 지구인으로서 얼마나 큰 기회를 잡았는지 알 텐데 말이야. 어쨌든 만약 우리 팀이 내일 당신 집으로 가 앞으로 1년 동안 당신 아내의 모든 데이터를 수집하고 분석하지 못한다면, 당신은 어두운 우주에서 로봇 같고 괴물 같고 가짜 같은 아내와 함께 있게 될 거야."

이런 식으로 두 시간이 흘러갔고 체카는 머리칼을 손으로 세차게 흔들면서 문을 쾅 닫고 나갔다. 레마토르비치는 내 얼굴 가까이 다가와 말했다.

"자, 이제 결정하지. 10분 내로 결정하지 않으면 내 권한에 의해 이 작은 프로젝트는 취소될 거야. 자네에겐 아직 아들이나 딸이 없지?"

나는 고개를 끄덕였다.

"만약 내가 지금의 자네라면 나는 아내를 택할 걸세. 자네가 말하지 않는 그 비밀의 여자 말고 말이야. 왜냐하면 우리 계획은 반드시 성공할 테니까."

하지만 나는 알고 있었다. 이 프로젝트가 얼마나 위험한 것인가를. 인간으로 태어나 죽기 전에 정말 사랑하는 이성과 있고 싶다는 마음이 정말 잘못된 것일까? 나는 이제 입을 열어야 했다. 혼자 우주로 갈 수는 없었다.

새로운 게임

가상현실에 도착한 메시지

이번 한 달치의 식권이 도착했음을 알리는 메시지가 떴다. 식권이란 건, 20세기에 잠깐 존재하다 사라진 사회주의 국가에서도 있었다고 전해 들었다. 게임 중에 현실에서 오는 메시지의 수신을 막아 놓지 않은 건 식권이 유일했다.

페르가모 이탈리안 레스토랑 점심 2회, 저녁 1회(주말 제외)

한 페이지 분량의 메시지에서 눈에 가장 먼저 들어온 것은 페르가모 레스토랑에 관한 것이었다. 페르가모 레스토랑의 수프와 스테이크는 2년 전부터 내가 가장 좋아하는 음식이었다. 지난달에는 '점심 4회, 저녁 2회(주말도 가능)'였는데 이번 달엔 식권의 질이 떨어졌다.

사람들은 외식을 원하는 식당과 카페 그리고 집에서 해 먹을 때 필요한 식재료를 각자의 선호도에 맞춰 신청할 수 있었다. 그러면 식당과 식자재에 관한 데이터를 수집하고 처리하는 기업이 IFH(Investment For Humanism)의 데이터에 연동해 한 페이지 분량의 식권을 사람들에게 배당해 주었다. 높은 가치를 인정받는 극소수의 인간을 제외하고 각자 원하는 것을 원하는 만큼 가질 수 없는 것은 물론이었다. 극소수의 그들은 신청한 것 전부를 가질 수 있었다. 먼 나라에 있는 레스토랑의 음식을 먹고 싶다고 하면 공수를 하든 근처의 유명한 레스토랑에서 비슷하게라도 만들어서든 가져다 주었다.

뭐, 어쩔 수 없는 일이었다. 나는 노동 대신 자유를 선택했으니. 나는 잠시 스마트 콘택트렌즈의 모드를 '현실'로 바꿀까 생각했지만, 그런 생각은 담배 연기처럼 순식간에 사라졌다. 이번 게임이 끝날 때까지만 가상현실에서 계속 있기로 했다. 다음 달 식권의 질은 더 안 좋아질 테지만 그래도 인간으로 태어나 최소 1년만이라도 자유롭고 행복하게 살아야 하지 않겠는가?

삶과 죽음 사이

나는 제임스란 사람과 가상현실 속에서 집 짓기 게임을 벌이고 있었다. 우리는 각자 집을 직접 지어 누가 더 비싸게 파는가를 두고 둘만의 게임을 시작했다. 제임스는 어떤지 몰라도, 현실에서 나는 건축과 전혀 상관없는 일을 했고(현실에서의 내 직업은 거리 청소부다) 관련 지식도 전혀 없었다.

원래 나는 가상현실을 경멸했다. 가상현실 방식을 통해 언제나 가족이나 연인과 함께 있을 수 있다는 것이나 여행 팩을 사서 책상에 앉아 아마존을 누비며 여행을 다닐 수 있는 것은 좋았지만, 그것이 돈을 벌어다 주지는 않았기 때문이다. '돈이 곧 현실이고, 현실이 곧 돈이다'란 생각은 의식적 사고 수준을 넘어선 내 신념이었다.

그러다 나는 몇 가지 불운한 일을 겪었고(그러니까 결국 슬픔이나 고통만 남고 돈이 되지 않는 일) 좌절과 허무를 느꼈다. 그렇다고

현실의 삶을 포기할 생각은 없었다. 단지 잠깐의 여행이 필요했다. 그래서 요즘 사람들이 진짜 여행이라고 말하는 오픈소스로 공개된 '삶과 죽음 사이'란 가상현실 프로그램을 딱 한 달만 체험하기로 했다. 이 프로그램은 현실의 시간과 공간을 찬탈하는 대가로 돈을 버는 기업가들이 못마땅했던 사람들이 모여 만든 것이었다.

이 프로그램에선 모든 것이 랜덤으로 지정되었다. 딱 하나 선택할 수 있는 건 나이였다. 자신이 원하는 나이를 입력하면 어느 나라에서 태어날지, 어떤 인종으로 태어날지, 어떤 부모 밑에서 태어날지도 랜덤으로 처리되었다.

나는 열아홉 살을 선택했다. 나의 외모, 능력,, 집안 배경 등은 물론 랜덤 처리되었다. 현실에서 황인종인 나는 가상현실에서도 황인종이었다. 그렇게 맞닥뜨린 가상현실에서도 나는 크게 중요한 일을 하고 있지 않았다. 현실의 나는 임시직인 거리 청소부란 직업을 구한 것이 서른다섯 때였고 그때부터 결혼을 하려고 했으나 여의치 않았다.

어쨌든 '삶과 죽음 사이'란 가상현실 세계는 '또 하나의 지구, 또 하나의 인생'이란 모토로 만들어진 것이기 때문에 우리 현실의 구조를 그대로 대입해 직조되었다. 내가 속한 가상현실에서 보내는 시간은 현실에서 보내는 시간의 속도와 물리적으로 동일하다. 오직 가능한 것은 일시정지밖에 없다. 현실을 일시정지하고 가상현실로 가든가, 가상현실을 일시정지하고 현실에서 시간을 보내든가 양자택일밖에 없는 것이다.

집 짓기 게임

제임스를 만난 곳은 놀이터였다. 나는 가상현실 속에서 길이 100미터까지 조절할 수 있는 미끄럼틀을 타며 놀고 있었다. 가상현실 안에서도 또 다른 가상현실 기술이 적용된 많은 콘텐츠가 있었다. 몇 시간이나 그렇게 놀던 내가 지루해 떠나려 할 때 금발의 백인 남자가 놀이터 구석에서 공중부양을 하고 있는 걸 봤다. 몇 해 전부터 유행하던 아이들을 위한 장난감이었다. 웃고 있는 그 바보 같은 얼굴이 꼭 나를 보고 있는 것 같아 나는 한숨을 쉬며 돌아섰다.

그때, 그가 나를 불렀다. 심심하면 자기가 혼자 살 집을 짓고 있는데 같이 가보지 않겠느냐고 말했다. 가면서 들어 보니, 그는 이 가상현실에 온 지 5년째였고 이곳에서 나이는 나와 같았다. 그러니까 그는 열네 살의 나이로 이곳에 온 것으로 설정해 둔 거였다. 그가 집을 짓는 이유는 좁은 집에 아홉 명의 식구가 부대끼며 사는 것이 지겨워 가상현실 속이긴 하지만 혼자 살아 보고 싶었기 때문이다. 희한하게 그는 미국인이었는데 한국으로 입양된 케이스였다. 나는 이곳 가상현실에 온 지 얼마 안 됐고 역사와 정세에도 크게 관심이 없어 이곳의 세계는 어떻게 흘러가고 있는

지조차 잘 모를 때였다.

제임스와 나의 집 짓기 게임은 그렇게 시작되었다. 그는 집을 짓기 시작한 지 3개월밖에 안 됐다고 했다. 내가 나도 나만의 집을 짓고 싶다고 하자 그는 경쟁을 제안했다. 각자 집을 지어 누가 더 비싸게 팔 수 있는지 말이다. 대신 그는 건축에 대해서 하나도 모르는 나를 위해 3개월 동안은 나의 집을 같이 지어 주겠다고 했다. 그래야 게임이 공평해지니까.

99등급의 비애

페르가모 이탈리안 레스토랑 1회(오후 4시~오후 4시 30분으로 제한. 메뉴는 수프와 감자 샐러드만 제공됨)

스스로에게 약속한 가상현실에서의 한 달이 지나간 것은 두 달 전이었다. 이제 나는 페르가모 레스토랑을 한 달에 한 번만 갈 수 있고 그것도 감자 따위만 먹을 수 있게 되었다. 이제 조금만 더 하면 가상현실 속 집을 완성시킬 수 있었기 때문에 여기에서 포기할 수는 없었다. 식권 메시지를 받고 한 시간이 지났을 때, 강제 메시지가 떴다. 발송자는 IFH였다. 불안감이 엄습했다. 메시지 내용은 이러했다.

당신의 평가 가치가 계속 하락하고 개선의 여지가 없다고 판단될 경우,
IFH에서는 오는 9월에 당신을 FTD 그룹에 넣어 관리할 수도 있습니다.

IFH는 본래 주식을 거래하는 증권회사였다. 이제는 보편화돼 전혀 이상할 게 없지만, 20세기에 태어난 사람들은 인간을 주식 종목으로 상장해 거래하는 것을 보면 놀랄지도 모른다. 인간을 주식으로 상장해 관리하는 명분은 인간의 노동력을 제대로 평가하기 위함이었다. 이제야 경제 구조에서 노동력의 가치에 눈을 뜬 것이 아니라 정말 제대로 평가해도 그 가치가 거의 없을 만큼 떨어졌기 때문에 주식으로 관리하는 것이었다.

게다가 결제 시스템뿐 아니라 금융시장, 잡화점, 식당, 병원, 학교 등의 온라인이 아닌 오프라인에 존재하는 곳들도 모두 정보기술화가 이루어지면서 몇 개의 IT기업이 세계를 과점하기에 이르렀다. 결제 기술과 빅데이터 산업의 발전으로 실물화폐뿐 아니라 가상화폐도 필요 없어졌다.

수입과 지출이 어떻게 이루어지는지 알고, 월급을 주는 회사와 돈을 쓰고 있는 가게들에 대한 정보까지 모두 있는 마당에 그 핵심에 있는 인간에 대해서만 제대로 평가하고 관리하지 않았다는 것을 어쩌면 뒤늦게 발견한 것이다. 이제 인간의 필요성은 노동력에 있지 않고 경제를 그나마 돌리는 힘인 소비력에 있었다. 갈수록 인공지능화되는 기계와 사물들이 인간에게 더는 최종 판단

까지 맡기지 않는 상황이었다. 이제 인간의 노동력은 겨우 기계값보다 저렴한 곳에서만 쓰였다. 수입과 지출 그리고 인간의 미래의 삶까지 지배하는 몇 개의 IT기업들이 사실상 세계를 지배했다.

그렇다고 나처럼 별 볼일 없는 인간이 당당히 하나의 종목으로 올라가는 일은 없었다. 극소수의 사람만이 하나의 종목으로 상장돼 있었는데, 그런 사람들은 우리에게 스타나 히어로 보였다. 그들의 가치는 그들 자신이 대표로 있거나 주요 간부로 있는 회사 또는 정부조직의 평가와 함께 가는 것이었고, 나로서는 그들의 주식 한 주도 거래할 돈이 없었다.

나같이 사회에 실질적인 기여를 못 하는 사람들은 집단으로 거래되었다. 대부분의 사람들은 1등급부터 99등급까지 나누어져 있는 주식 등급에 속해 있었고 아래 등급으로 갈수록 속한 사람들의 수는 많았다. 처음에는 인간 주식이란 게 거래되기도 했었으나 IT기업들의 영향력이 커갈수록 사실상 거래되는 것은 없었다. IFH는 국제적 규모의 IT기업의 자회사였고 이런 곳은 몇 군데 있었다. 하지만 별 차이는 없었기 때문에 대중은 이것을 전혀 구분하지 못했다. 다만, 처음부터 지금까지 가장 큰 규모의 회사가 IFH였기 때문에 사람들은 그런 회사들은 전부 IFH라고 생각할 뿐이었다.

노동력의 가치가 떨어졌기 때문에 사람들은 생계나 문화생활을 위해(가상현실 같은 문화생활) 필요한 돈을 충분히 벌 수가 없었다. 그래서 기업들은 상장된 인간들에 대해 노동력의 대가를 급여로 주는 것이 아니라 '투자'를 했다. 요즘엔 아예 태어날 때부터 투자를 받았고 그 아이는 평생 그 투자금을 상환하는 데 시키는 일이 있으면 무조건 해야 했다. 돈이 없으니 어쩔 수 없는 일이었다.

99등급 아래에 있는 등급이 FTD(First To Default)였다. 이 최후의 등급은 다시 그 안에 수많은 그룹을 갖고 있었다. 백 명 단위로 나뉜 그 그룹들 중에서 한 명이라도 상장폐지 되면 그 그룹에 속한 전체가 상장폐지 되었다. 원래는 99등급이 최후의 등급이었으나 인간적으로 마지막 기회를 주기 위해 FTD 등급을 만든 것이라고 기업에서는 말하곤 했다. 그 등급의 다음은 없었다. 상장폐지가 되면 그 사람은 이 사회에서 완전히 소외되었다. 식권을 받을 수도 없고 의료서비스를 받을 수도 없었다. 그렇다고 범법 행위를 한다는 것은 상상도 할 수 없었다. 정부는 사기업에 치안 서비스뿐 아니라 로봇 군대 파견까지 요청하곤 했다. 상장폐지 된 사람들이 생존하는 방식은 너무 비인간적이라 차마 말할 수도 없다.

내게 방금, 조금만 더 현실에서 일을 안 하면 나를 FTD 등급에 넣어 버리겠다는 경고가 온 것이다. 아무래도 게임은 이번 달 안에 반드시 끝내야겠다. 어차피 집은 곧 완성되니까.

현실로의 복귀

보름 뒤에 제임스와 나는 거의 동시에 집을 완성했다. 우리 두 사람의 집은 구조가 거의 같았다. 다만, 페인트 색깔만 달랐다. 나는 아이보리색으로 벽을 칠했고 지붕은 파랗게 칠했다. 제임스는 산뜻한 오렌지색으로 벽과 지붕의 색감을 통일시켰다.

결국 우리의 경쟁은 영업을 얼마나 잘하느냐가 관건이었다. 나는 늦어도 보름 뒤에는 당분간 이 세계를 떠나야 했기에 마음이 급했지만 제임스에게 티는 내지 않았다. 그의 인생관을 봤을 때, 그는 영원히 현실로 돌아갈 생각이 없는 것 같았다. 그는 가상현실이 끊기는 순간 죽어도 상관없다고 했다. 어차피 한 번 사는 인생, 즐겁고 열심히 살다 가고 싶다고 했다. 그런 그에게 나의 사정을, 나의 약한 자유의지를 드러내는 것은 부끄러웠고 또한 그에게 부담 주기도 싫었다.

나의 현실 복귀가 정확히 일주일 남았을 때, 열한 번째 손님이 집을 구경하러 왔다. 문을 열었을 때 왠지 쌀쌀한 바람이 불었다. 나는 한눈에 알아볼 수 있었다. 4년 전 내가 현실에서 청소부 일을 하면서 만났던, 태어나서 처음으로 사랑의 감정을 느꼈던 여자였다. 가상현실 속 그녀의 모습은 현실과 조금 달랐지만 그 특유의 분위기만은 지워지지 않은 채였다. 나도 모르게 한동안 그녀를 빤히 쳐다봤다. 그녀는 전혀 나를 의식하지 못하는 듯했다. 그녀는 하얀 챙이 달린 모자를 쓰고 있었고 손에는 넥타이를 맨 호남형의 남자의 손이 포개져 있었다.

"새집이라고요? 저희는 곧 결혼할 건데 집 구경하러 왔어요. 잠깐 안을 둘러봐도 될까요?"

나는 당연히 고개를 끄덕였다. 그들은 오랜 시간에 걸쳐 천천히 방을 둘러봤고 나는 밖에서 초조하게 기다리고 있었다. 창가에서 밖을 쳐다보고 있는 남자가 보였을 때 나는 그에게로 다가갔다. 그리고 창문을 두드려 안에서 열어 달라는 신호를 보냈다.

"담배 있으면 하나 빌릴 수 있을까요?"

가상현실에서는 출생지마저도 랜덤이지만 현실의 성격과 습관은 그대로 가져간다. 아직 그것들마저 완전히 새로 창출할 유전자 분석 알고리즘은 나오지 않았다. 그리고 그런 방식은 대중들에게 큰 가치도 없었다. 윤회를 하되 전생의 의식이 있느냐 없느냐는 윤회를 받아들이는 불교 쪽에서도 큰 다툼거리였다. 하지만 불교적으로 말해 전생의 의식이 없는 가상현실 프로그램은 대중들의 환영을 받지 못한다. 다른 곳에 와 있다는 확신과 즐거움은 역설적으로 원래 있던 곳으로 언젠가는 돌아가야 한다는 불안과 고통이 없으면, 그 기분의 격차가 생기지 않기 때문이다.

담배 맛은 그대로였다. 가상현실에서 끊었던 담배인데 현실의 기억이 이렇게 가상현실에까지 영향을 미치다니.

나는 그들이 이 집을 구매할 것이란 확신을 얻었다. 그녀는 정녕 나를 기억하고 느끼지 못함이 분명했다. 그녀는 가상현실 소프트웨어 회사에 현실의 자신을 실험 대상으로 맡기고, 죽을 때까지 가상현실에 머무는 조건으로 거래했을 것이다. 현실에서의 기억은 완전히 삭제된 채로.

정확히 말하면 뇌 조작이나 수술을 통해 삭제하는 것이 아니라, 가상현실이 현실이 되도록 가상현실 속 모든 것을 실제 보거나 듣는 것처럼 그녀의 뇌 속에 이미지와 소리를 들이붓는 것이다. 그녀는 실험 대상이 되는 대가로 몇 가지 추가 조건을 걸었을 것이다. 원래는 선택할 수 없지만 명망 있는 부잣집의 외동딸로 태어난다든가 바이올린에 대단한 재능을 가진 아이로 태어난다든가. 물론 이럴 경우에 현실에서의 실험을 위해 나이는 현실과 동일하게 세팅된다. 그녀가 내게 원한 것은 바로 그것이었다. 현실에서 어렵게 살 필요가 뭐가 있느냐, 함께 새로운 세상에서 행복하게 살자. 하지만 나는 끝내 그녀의 제안 아니, 꿈을 거부했다.

나는 그들이 이사 오기 전에 집 안 곳곳에 비밀 카메라를 설치했다. 그들이 숨겨진 카메라를 적발해 내는 프로그램을 쓴다면 들킬지도 모르지만 그래도 시도는 해보고 싶었다. 언젠가 다시 가상현실로 돌아왔을 때, 나는 그들이 얼마나 행복하게 살고 있을지 궁금했다. 나는 언제 다시 돌아올지 몰라 데이터센터와 고용량으로 장기 계약을 했다. 여기에 집을 판돈을 꽤나 쏟아부었기 때문에 결국 나는 제임스와의 게임에서는 지고 말았다.

하지만 새로운 게임은 시작되었다. 그들 부부가 가상현실에서 과연 행복하게 살 것인가, 그것이 나의 새로운 게임이었다. 그들이 행복 또는 불행 또는 권태를 겪고 있는 동안 나는 이곳에 돌아오는 것을 꿈꾸며 현실의 바닥을 쓸고 있을 것이다.

안정권인 70등급까지 다시 가기 위해서는 성실한 시민으로 3년 정도는 살아야 할 것이다. 드디어 콘택트렌즈를 '현실'로 바꾸고, 재설정 불가 기간을 3년으로 누른 다음 인증까지 끝마쳤다. 나는 현실에서 3년 동안 다시 열심히 살아갈 것이다.

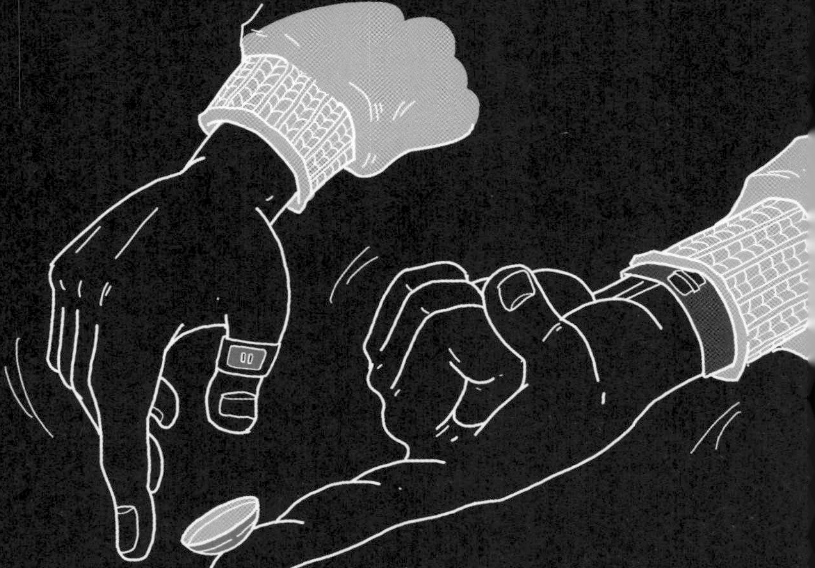